庫

31-178-1

尾崎放哉句集

池内　紀編

岩波書店

目次

自由律以前（明治三三年―大正三年）……五
自由律以後（大正四年―大正一五年）……三三
句稿より（大正一四年―一五年）……一〇一
入庵雑記……一三五
解説……一八一

自由律以前（明治三三年―大正三年）

明治三三年

よき人の机によりて昼ねかな

刀師の刃ためすや朝寒み

明治三四年

虫送り鎮守の太鼓叩きけり

寒菊やころばしてある臼の下

旅僧の樹下に寝て居る清水哉

病いへずうつ〳〵として春くるゝ

行春や母が遺愛の筑紫琴

見ゆるかぎり皆若葉なり国境

明治三八年

申し置いて門を出れば時雨哉

鯛味噌に松山時雨きく夜かな

茶の花や庵さざめかす寒雀

明治三九年

煮凝や彷彿として物の味

泥沼の泥魚今宵孕むらむ

春浅き恋もあるべし籠り堂

塗骨の扇子冷たき別れかな

光琳の偽筆に炭がはねる也

初冬の蘇鉄は庭の王者かな

骨焼けて腸焦げよ二日灸

飯鮹や一銭に三つちゞかまる

閨房に昼の日高し海棠花

春水や泥深く居る烏貝

灌仏や美しと見る僧の袈裟

明治四〇年

つめたさに金魚痩せたる清水哉

舟中に雷を怖れぬ女かな

寝て聞けば遠き昔を鳴く蚊かな

象に乗て小さき月に歩りきけり

焚きつけて妻は何処へ朝寒し

轡虫籠ふるはして鳴きにけり

盗まれし菊をいよ〳〵惜みけり

遅く著く船や夜寒の迎ひ人
鶏頭や紺屋の庭に紅久し
団栗を呑んでや君の黙したる
あの僧があの庵へ去ぬ冬田かな
一つ家の窓明いて居る冬田かな
草の家の屏風に張れり絵双六

明治四一年

山茶花やいぬころ死んで庭淋し

別れ来て淋しさに折る野菊かな

君去つて椅子のさびしき暖炉哉

飛び込んで犬雪振ふ暖炉哉

六日道中記の内

十二月二十六日、郷里に向つて新橋を発す。

箱根近傍

水に遠き冬川堤の焚火哉

冬の山神社に遠き鳥居哉

大船近傍

江ノ島は曾遊の地也。

枯野原見覚えのある一路哉

二十七日午後、上郡駅より下車して、北行三十里、中国山脈に向ふ。人力車あり。

途中雑吟

炬燵ありと障子に書きし茶店哉

野のはての蛇飼ふ家の障子哉

提灯を雪に置きけり草鞋はく

駒帰り峠

山嶮なれば駒も帰るとて此称あり。山陰と山陽とを分つて、中天に聳ゆ。

駒帰り峠に向ふ霰哉

絶頂に地蔵あり、泣地蔵と云ふ。始めて郷関を辞する者皆こゝに来つて泣くが故也。

大木にかくれて雪の地蔵かな

一月九日、郷里を発す。

あたゝかき炬燵を出る別れ哉

今朝秋や庭を掃き居る陰陽師

明治四二年

風邪の神覗く障子の穴目かな

傾城の魂ぬけし昼寝かな

末法の遊女もすなる夏書かな

行水や祭の事で来る家主

雪よけの長き廂や蚊喰鳥

蟬なくや草の中なる力石

鶏頭や犬の喧嘩に棒ちぎり

明治四三年

焼印や金剛杖に立てる春

一里来て疲るゝ足や女郎花

木犀や町はなれ来て三軒家

明治四四年

芋掘るは愚也金掘るは尚愚也

大正三年

茸の毒に死絶えし家のあるあはれ

炉開いてはたと客なき一日かな

*

沢芳衛あて書簡中の句

絵にかきて、むかしむかしの話しかな

狂気の、老女寐て居る座敷牢

大ろーそくに、春の夜を守る

元日や餅、二日餅、三日餅

ゆめの人ゆめの鳥夢の行かすや

鶴を折る間に眠る児や宵の春

腹押せど啼かずなりたる雛かなし

小人島そこら明るし春ノ月

椿咲く島へ三里や浪高し

投げられて負けても、まけぬ相撲哉

提灯が火事にとぶ也河岸《カシ》の霧

四十雀五十雀よくシャベル哉

木犀に人を思ひて徘徊す

百文に売りとばす蚊帳の分れ哉

だら〳〵と要領を得ぬ糸瓜哉

自炊子の起きて又食ふ夜長哉

火事の夢さめて火事ある夜長哉

一人。愛妹をしのびて、

うつむきて、ふくらむ一重桔梗哉

烏瓜は短かく糸瓜長き哉

秋の風我がひげを吹き我を吹く

秋日和四国の山は皆ひくし

箱庭や寸人尺馬春の雪

春寒やそこ〳〵にして銀閣寺

みゝずくの耳を打たれてねる夜かな

新内ヲ門ニ呼ビケリ宵ノ春

自由律以後（大正四年―大正一五年）

大正四年

常夏の真赤な二時の陽の底冷ゆる

大正五年

湖へ強く風吹き暮るゝとんぼとんぼ

日ざしをり〳〵凩に暮るゝ鏡店

墓より墓へ鴉が黙つて飛びうつれり

葱青々と寒雨つゞくかな

雪晴れの昼静かさを高く泣く児かな

土より暮るゝ墓に線香の火が赤けれ

絵馬堂にのびあがり見し海なりしが

漁師の太い声と夕日まんまろ

温泉づかれの淋しき手足の白さ

一心に物書く男に昼の蚊が鳴けり

犬がのびあがる砂山のさきの海

月いよ〳〵あかるきに物思ひをる

浜つたひ来て妻とへだたれる

灯をともし来る女の瞳

大正六年

海は黒く眠りをり宿につきたり

花屋のはさみの音朝寐してをる

窓あけて居る朝の女にしゞみ売
暖かき灯にかざす新海苔の青さ
ふとん積みあげて朝を掃き出す
駅の草花が赤い雨の日なり
真黒き水の暮となり工場がともる
切り出す竹一本一本の青さ
大戸あくればひとすぢの朝日つばくら

とはに隔つ棺の釘を打ち終へたり

焼き場の煙突の大いさをあふぐ

位牌の影の濃さ蠟燭がもえしきる

青服の人等帰る日が落ちた町

大正七年

妻が留守の障子ぽつとり暮れたり

月は冴え〳〵人の世またたく寝入りたり

鳩のうたうたひ居り陽はまんまろ

眼をやめば片眼淋しく手紙かき居る

女乞食の大きな乳房かな

堤の上ふと顔出せし犬ありけり

仏の灯ぢつとして凍る夜ぞ

夢さめし眼をひたと闇にみひらけり

骨拾ふべく其の箸がよごれ居り

夜店人通り犬が人をさがし居る

児等が帰りしあとの机淋しや

わが肌をもむあんま何か思ひつつ

ぢつと子の手を握る大きなわが手

庭の緑にことごとく風ふれて行く

落つる日の方へ空ひとはけにはかれたり

蔵戸あけられし海の風いつぱい

湖深く喰ひ入りて古い色街

銭が土の間に転りて音なし

妻を叱りてぞ暑き陽に出で行く

道細々と山の深きへ続く

山に旭が当る頃の物音もせず

昼深深と病室の障子

大正八年

犬が吠ゆる水打ぎわの月光

あか桶重たく朝露の中に置く

冷たい水となり旅の朝な朝な

嵐のまへの蟻等せんねん

しみじみ水をかけやる墓石

電車の終点下りて墓地への一人

もぐらが持ちあげし土のその陽の色

病める人に花の色色をゑらむ

大正一一年

蜜柑山の路のどこ迄も海とはなれず

大正一二年

松の実ほつほつたべる灯下ぞ児無き夫婦ぞ

風の中走り来て手の中のあつい銭

氷れる路に頭を下げて引かるる馬よ

海苔をあぶりては東京遠く来た顔ばかり

あくまできたなき牛がまなこを見張れる

かぎりなく煙吐き散らし風やまぬ煙突

草に入る陽がよろしく満洲に住む気になる

犬が覗いて行く垣根にて何事もない昼

大正一三年

山水ちちろ茶椀真白く洗ひ去る

ホツリホツリ闇に浸りて帰り来る人人

牛の眼なつかしく堤の夕の行きずり

流るる風に押され行き海に出る

砂浜ヒヨコリと人らしいもの出て来る

つくづく淋しい我が影よ動かして見る

ねそべつて書いて居る手紙を鶏に覗かれる

一灯園にて

皆働きに出てしまひ障子あけた儘の家

静かなるかげを動かし客に茶をつぐ

落葉へらへら顔をゆがめて笑ふ事

一日

あすは雨らしい青葉の中の堂を閉める

一日物云はず蝶の影さす

友を送りて雨風に追はれてもどる

雨の日は御灯ともし一人居る
なぎさふりかへる我が足跡も無く

わが顔

井戸の暗さにわが顔を見出す
雨の傘たてかけておみくぢをひく
沈黙の池に亀一つ浮き上る
山の夕陽の墓地の空海へかたぶく

御堂

柘榴が口あけたたはけた恋だ

赤いたすきをかけて台所がせまい

仏飯ほの白く蚊がなき寄るばかり

たつた一人になり切つて夕空

高浪打ちかへす砂浜に一人を投げ出す

雨に降りつめられて暮るる外なし御堂

昼寝起きればつかれた物のかげばかり

御祭の夜明の提灯へたへたとたたまれる

何も忘れた気で夏帽をかぶつて

ねむの花の昼すぎの釣鐘重たし

氷店がひよいと出来て白波

日まはり大きくまはりこは満洲

父子で住んで言葉少なく朝顔が咲いて

蛇が殺されて居る炎天をまたいで通る

ほのかなる草花の香ひを嗅ぎ出さうとする

わかれを云ひて幌をろす白いゆびさき

茄子もいできてぎしぎし洗ふ

空に白い陽を置き火葬場の太い煙突

何もない部屋

いつ迄も忘れられた儘で黒い蝙蝠傘

乞食の児が銀杏の実を袋からなんぼでも出す
船乗りと山の温泉に来て雨をきいてる
あらしの闇を見つめるわが眼が灯もる
海のあけくれのなんにもない部屋
銅銭ばかりかぞへて夕べ事足りて居る
夕べひよいと出た一本足の雀よ
たばこが消えて居る淋しさをなげすてる

をだやかに流るる水の橋長々と渡る

蚊帳の釣手を高くして僧と二人寝る

蟻を殺す殺すつぎから出てくる

雨の幾日がつづき雀と見てゐる

雑巾しぼるペンだこが白たたけた手だ

友の夏帽が新らしい海に行かうか

血がにじむ手で泳ぎ出た草原

昼の蚊たたいて古新聞よんで
はかなさは灯明の油が煮える

眼耳鼻舌

刈田で烏の顔をまぢかに見た
からかさ干して落葉ふらして居る
傘さしかけて心よりそへる
赤とんぼ夥しさの首塚ありけり

念彼観音力風音のまま夜となる

障子しめきつて淋しさをみたす

墓石洗ひあげて扇子つかつてゐる

木魚ほんほんたたかれまるう暮れて居る

ぶつりと鼻緒が切れた暗の中なる

鳩がなくま昼の屋根が重たい

風船玉がをどるかげがをどる急いで通る

財布はたいてしまひつめたい鼻だ

マッチの棒で耳かいて暮れてる

わが足の格好の古足袋ぬぎすてる

栗が落ちる音を児と聞いて居る夜

夕べ落葉たいて居る赤い舌出す

自らをののしり尽きずあふむけに寝る

落葉へばりつく朝の草履干しをく

何か求むる心海へ放つ

めつきり朝がつめたいお堂の戸をあける

ばたばたた暮れきる客がいんだ座ぶとん

大正一四年

色声香味

粉炭もたいなくほこほこおこして

一人つめたくいつ迄籔蚊出る事か

昼ふかぶか木魚ふいてやるはげてゐる

鉛筆とがらして小さい生徒

小さい火鉢でこの冬を越さうとする

心をまとめる鉛筆とがらす

松かさつぶてとしてかろし

仏にひまをもらつて洗濯してゐる

大根が太つて来た朝ばん仏のお守りする

ただ風ばかり吹く日の雑念

かぎ穴暮れて居るがちがちあはす

二人よつて狐がばかす話をしてる

うそをついたやうな昼の月がある

酔のさめかけの星が出てゐる

考へ事して橋渡りきる

中庭の落葉となり部屋部屋のスリツパ

しも肥わが肩の骨にかつぐ
板じきに夕餉の両ひざをそろへる
わがからだ焚火にうらおもてあぶる
こんなよい月を一人で見て寝る
夜中菊をぬすまれた土の穴ほつかりとある
竹の葉さやさや人恋しくて居る
めしたべにおりるわが足音

以無所得故

猿を鎖につないで冬となる茶店

晩の煙りを出して居る古い窓だ

何かつかまへた顔で児が籔から出て来た

一人のたもとがマッチを持つて居た

上天気の顔一つ置いてお堂

馬の大きな足が折りたたまれた

打ちそこねた釘が首を曲げた
とまつた汽車の雨の窓なり
鳥がだまつてとんで行つた
尻からげして葱ぬいて居る

人天竜象

しぐれますと尼僧にあいさつされて居る
水たまりが光るひよろりと夕風

針に糸を通しあへず青空を見る

糸瓜が笑つたやうな円右が死んだか

きたない下駄はいて白粉ぬることを知つてる

軍馬たくさんつながれ裸の木ばかり

片目の人に見つめられて居た

すでにすつ裸の柿の木に物干す

冬帽かぶつてだまりこくつて居る

紅葉あかるく手紙よむによし

病人よく寝て居る柱時計を巻く

姉妹椎の実たべて東京の雑誌よんでる

かへす傘又かりてかへる夕べの同じ道である

眼鼻くすぼらしてゐた風呂があつうなる

赤ン坊のなきごゑがする小さい庭を掃いてる

雀のあたたかさを握るはなしてやる

灰の中から針一つ拾ひ出し話す人もなく

帆柱がならんでみんなとまる船ばかり

曇り日の落葉掃ききれぬ一人である

門をしめる大きな音さしてお寺が寝る

うで卵子くるりとむいて児に持たせる

傘にばりばり雨音さして逢ひに来た

あるもののみな着てしまひ風邪ひいてゐる

かまきりばたりと落ちて斧を忘れず

事実といふ事話しあつてる柿がころがつてゐる

真実不虚

淋しいぞ一人五本のゆびを開いて見る

火ばしがそろはぬ儘の一冬なりけり

草履が片つ方つくられたばこにする

島の女のはだしにはだしでよりそふ

わが顔ぶらさげてあやまりにゆく

秋風のお堂で顔が一つ

今日も生きて虫なきしみる倉の白壁

黒眼鏡かけた女が石に休んで居るばかり

釘に濡手拭かけて凍てる日である

お堂しめて居る雀がたんともどつて来る

たんぽ風まともにうけとぼけた顔だ

蟻が出ぬやうになつた蟻の穴

降る雨庭に流れをつくり侘び居る

のら犬の脊の毛の秋風に立つさへ

草のびのびしわぶきして窓ある

独座三昧

師走の夜のつめたい寝床が一つあるきり

雪を漕いで来た姿で朝の町に入る

女と淋しい顔して温泉の村のお正月

破れた靴がぱくぱく口あけて今日も晴れる

寒鮒をこごえた手で数へてくれた

落葉掃けばころころ木の実

反古を読み読み消し壺張りあげた

犬をかかへたわが肌には毛が無い

鞠がはずんで見えなくなつて暮れてしまつた

かたい梨子をかぢつて議論してゐる
聞こえぬ耳をくつつけて年とつてる
たくさんある児がめいめいの本をよんでる
借家いつか出来て住む夫婦者の顔
草刈りに出る裏木戸あいたままある
曲がつた宿の下駄はいて秋の河原は石ばかり
吸取紙が字を吸ひとらぬやうになつた

吹けばころがる卵子からの卵子

笑へば泣くやうに見える顔よりほかなかつた

がたびし戸をあけてをそい星空に出る

馬が一疋走つて行つた日暮れる

万象一堂

片つ方の耳にないしよ話しに来る

葬式のきもののぬぐばたばたと日がくれる

低い戸口をくぐつて出る残雪が堅い

両手をいれものにして木の実をもらふ

すたすた行く旅人らしく晩の店をしまふ

夜中の襖遠くしめられたる

なんにもたべるものがない冬の茶店の客となる

波へ乳の辺まではいつて女よ

落葉拾うて棄てて別れたきり

雪が消えこむ川波音もなく暮れる

こんな大きな石塔の下で死んでゐる

梵音海潮音

あけた事がない扉の前で冬陽にあたつてゐる

湖の家並ぶ寒の小魚とるいとなみ

牛小舎の氷柱が太うなつてゆくこと

きたない下駄ぬいで法話の灯に遠く座る

岩にはり付けた鰯がかはいて居る

臼ひく女が自分にうたをきかせて居る

曇り日の儘に暮れ雀等も暮れる

堅い大地となり這ふ虫もなし

ゆるい鼻緒の下駄で雪道あるきつづける

ふところの焼芋のあたたかさである

霜がびつしり下りて居る朝犬を叱る

鳩に豆やる児が鳩にうづめらる

霰ふりやむ大地のでこぼこ

ひげがのびた顔を火鉢の上にのつける

ぽつかり鉢植の枯木がぬけた

宵祭の提灯ともしてだあれも居らぬ

ハンケチがまだ落ちて居る戻り道であつた

にくい顔思ひ出し石ころをける

天辺落とすーと葉にあたまを打たれた

念念不離心

底がぬけた杓で水を呑もうとした

雀がさわぐお堂で朝の粥腹をへらして居る

爪切るはさみさへ借りねばならぬ

なんにもない机の引き出しをあけて見る

犬よちぎれる程尾をふつてくれる

寒に入る地蔵鼻かけ給ふ

松の葉をぬいて歯をせせる朝の道である

色鉛筆の青い色をひつそりけづつて居る

月の出の船は皆砂浜にある

節分の豆をだまつてたべて居る

鶴鳴く

鶴なく霜夜の障子ま白くて寐る

歯をむき出した鯛を威張つて売る

人を待つ小さな座敷で海が見える

入営を送つて来た旗をかついでゐる

ほつかり池ある夕べの小波

コスモスなんぼでも高うなる小さい家で

夕の鐘つき切つたぞみの虫

道いつぱいになつて来る牛と出逢つた

小浜に来て

背を汽車通る草ひく顔をあげず

あたまをそつて帰る青梅たくさん落ちてる

そつたあたまが夜更けた枕で覚めて居る

一人分の米白々と洗ひあげたる

時計が動いて居る寺の荒れてゐる

血豆をつぶさう松の葉がある

考へ事をしてゐる田にしが歩いて居る

雪の戸をあけてしめた女の顔

新緑の山となり山の道となり

赤ン坊動いて居る一と間切りの住居

田舎の小さな新聞をすぐに読んでしまつた

どろぼう猫の眼と睨みあつてる自分であつた

臍に湯をかけて一人夜中の温泉である

病人らしう見て居る庭の雑草

豆を水にふくらませて置く春ひと夜

村の呉服屋

かぎりなく蟻が出て来る穴の音なく

遠くへ返事して朝の味噌をすつて居る

手作りの吹竹で火が起きて来る

笑ふ時の前歯がはえて来たは

眼の前筍が出てゐる下駄をなほして居る
百姓らしい顔が庫裡の戸をあけた
釘箱の釘がみんな曲つて居る
かたい机でうたた寝して居つた
お寺の灯遠くて淋しがられる
豆を煮つめる自分の一日だつた
二階から下りて来てひるめしにする

海がよく凪いで居る村の呉服屋

蜘蛛がすうと下りて来た朝を眼の前にす

銅像に悪口ついて行つてしまつた

雨のあくる日の柔らかな草をひいて居る

きちんと座つて居る朝の竹四五本ある

とかげの美くしい色がある廃庭

蛙たくさんなかせ灯を消して寝る

寺に来て居て青葉の大降りとなる

池の朝がはぢまる水すましである

夏有涼風

土塀に突つかい棒をしてオルガンひいてゐる学校

うつろの心に眼が二つあいてゐる

花火があがる音のたび聞いてゐる

小さい橋に来て荒れる海が見える

淋しいからだから爪がのび出す

ころりと横になる今日が終つて居る

一本のからかさを貸してしまつた

海がまつ青な昼の床屋にはいる

久しぶりのわが顔がうつる池に来てゐる

となりへだんご持つて行く藪の中

何やら鍋に煮えて居る僧をたづねる

蚤とぶ朝のよんでしまつた新聞

小芋ころころはかりをよくしてくれる

朝早い道のいぬころ

人間好時節

山寺灯されて見て通る

昼寝の足のうらが見えてゐる訪ふ

蜘蛛がとんぼをとつた軒の下で住んでる

筍ふみ折つて返事してゐる

逢ひに来たその顔が風呂を焚いてゐた

旧暦の節句の鯉がをどつて居る

眼の前魚がとんで見せる島の夕陽に来て居る

いつしかついて来た犬と浜辺に居る

島の小娘にお給仕されてゐる

洋服の白い足折り曲げて話しこんでゐる

打水落ちつく馬の長い顔だ

足のうら

山の和尚の酒の友とし丸い月ある

漬物石になりすまし墓のかけである

すばらしい乳房だ蚊が居る

あらしの中のばんめしにする母と子

あらしのあとの馬鹿がさかなうりに来る

足のうら洗へば白くなる

蛍光らない堅くなつてゐる

海が少し見える小さい窓一つもつ

わが顔があつた小さい鏡買うてもどる

ここから浪音きこえぬほどの海の青さの

わが庵とし鶏頭がたくさん赤うなつて居る

すさまじく蚊がなく夜の痩せたからだが一つ
とんぼが淋しい机にとまりに来てくれた
四五人静かにはたらき塩浜くれる
松かさも火にして豆が煮えた
なん本もマツチの棒を消し海風に話す
山に登れば淋しい村がみんな見える
雨の椿に下駄辷らしてたづねて来た

髪の美くしさもてあまして居る

叱ればすぐ泣く児だと云つて泣かせて居る

秋風の石が子を産む話し

投げ出されたやうな西瓜が太つて行く

壁の新聞の女はいつも泣いて居る

海風に筒抜けられて居るいつも一人

盆休み雨となつた島の小さい家家

風邪を引いてお経あげずに居ればしんかん

風音ばかりのなかの水汲む

鼠にジャガ芋をたべられて寝て居た

たまらなく笑ひこける声若い声よ

島の祭

少し病む児に金魚買うてやる

山は海の夕陽をうけてかくすところ無し

一疋の蚤をさがして居る夜中

ぴつたりしめた穴だらけの障子である

あけがたとろりとした時の夢であつたよ

をそい月が町からしめ出されてゐる

思ひがけもないとこに出た道の秋草

わが肩につかまつて居る人に眼がない

切られる花を病人見てゐる

乞食日の丸の旗の風ろしきもつ

天気つづきのお祭がすんだ島の大松

卵子袂に一つづつ買うてもどる

お祭り赤ン坊寝てゐる

その手がいつ迄太鼓たたいて居るのか

夕立からりと晴れて大きな鯖をもらつた

蜥蜴の切れた尾がはねてゐる太陽

木槿一日うなづいて居て暮れた

お遍路木槿の花をほめる杖つく

葬式のもどりを少し濡れて来た

大正一五年

島の明けくれ

道を教へてくれる煙管から煙が出てゐる

朝靄豚が出て来る人が出て来る

迷つて来たまんまの犬で居る

山の芋掘りに行くスツトコ被り

人間並の風邪の熱出して居ることよ

蛙釣る児を見て居るお女郎だ

久し振りの雨の雨だれの音

都のはやりうたうたつて島のあめ売り

厚い藁屋根の下のボンボン時計

三味線が上手な島の夜のとしより

障子あけて置く海も暮れ切る

山に大きな牛追ひあげる朝靄

畑のなかの近か道戻つて来よる

畳を歩く雀の足音を知つて居る

あすのお天気をしやべる雀等と掃いてゐる

あらしがすつかり青空にしてしまつた

火の無い火鉢が見えて居る寝床だ

風にふかれ信心申して居る

淋しい寝る本がない

月夜風ある一人咳して

お粥煮えてくる音の鍋ふた

一つ二つ蛍見てたづぬる家

咳き入る日輪くらむ

野菜根抄

雀等いちどきにいんでしまつた

草花たくさん咲いて児が留守番してゐる

爪切つたゆびが十本ある

来る船来る船に一つの島

漬物石がころがつて居た家を借りることにする

鳳仙花の実をはねさせて見ても淋しい

秋日さす石の上に脊の児を下ろす

障子の穴から覗いて見ても留守である

朝がきれいで鈴を振るお遍路さん

入れものが無い両手で受ける

口あけぬ蜆死んでゐる

咳をしても一人

汽車が走る山火事

静かに撥が置かれた畳

菊枯れ尽したる海少し見ゆ

とんぼの尾をつまみそこねた

墓地からもどつて来ても一人

恋心四十にして穂芒

なんと丸い月が出たよ窓

ゆうべ底がぬけた柄杓で朝

風凪いでより落つる松の葉

自分が通つただけの冬ざれの石橋

ひどい風だどこ迄も青空

寒空

大根ぬきに行く畑山にある

となりにも雨の葱畑

くるりと剃つてしまつた寒ン空

よい処へ乞食が来た

寒なぎの帆を下ろし帆柱

庵の障子あけて小ざかな買つてる

師走の木魚たたいて居る

松かさそつくり火になつた

風吹きくたびれて居る青草

嵐が落ちた夜の白湯を呑んでゐる

仏とわたくし

寒ン空シヤツポがほしいな

蜜柑たべてよい火にあたつて居る

とつぷり暮れて足を洗つて居る

昼の鶏なく漁師の家ばかり

働きに行く人ばかりの電車

雪の宿屋の金屏風だ

山火事の北国の大空

月夜の葦が折れとる

墓のうらに廻る

あすは元日が来る仏とわたくし

掛取も来てくれぬ大晦日も独り

窓あけた笑ひ顔だ

虚空実相

風吹く道のめくら

旅人夫婦で相談してゐる

ぬくい屋根で仕事してゐる

山風山を下りるとす

をそくなつて月夜となつた庵

舟をからつぽにして上つてしまつた

名残の夕陽ある淋しさ山よ

みんなが夜の雪をふんでいんだ

春が来たと大きな新聞広告

雨の中泥手を洗ふ

枯枝ほきほき折るによし

静かなる一つのうきが引かれる

窓まで這つて来た顔出して青草

渚白い足出し

霜とけ鳥光る

久しぶりに片目が蜜柑うりに来た

障子に近く蘆枯るる風音

八ツ手の月夜もある恋猫

仕事探して歩く町中歩く人ばかり

舟から唄つてあがつてくる

最後の手記より

あついめしがたけた野茶屋

肉がやせてくる太い骨である

一つの湯呑を置いてむせてゐる

やせたからだを窓に置き船の汽笛
婆さんが寒夜の針箱おいて去んでる
春の山のうしろから烟が出だした

句稿より（大正一四年―一五年）

今日来たばかりの土地の犬となじみになつてゐる

其の儘はだしになつて庭の草ひきに下りる

和尚とたつた二人で呑んで酔つて来た

あかるいうちに風呂をもらいに行く海が光る

障子切り張りして留守番してゐる顔だ

爪の土を堀つてから寐てしまう

ポストに落としたわが手紙の音ばかり
めし粒が堅くなつて襟に付いて居つた
ひよいとさげた土瓶がかるかつた
へりが無い畳の淋しさが広がる
土瓶がことこと音さして一人よ
きせるのらをを代へるだけの用で出て行く
鳥がひよいひよいとんで春の日暮れず

一文菓子屋の晩の小さい灯がともる

猫に覗かれる朝の女気なし

吹けど音せぬ尺八の穴が並んで居る

冷え切つた番茶の出がらしで話さう

たぎる湯の釜のふたをとつてやる

貧乏徳利をどかりと畳に置く

日曜日の庭を歩いてゐる蔓草

味噌汁がたぶづく朝の腹をかゝへ込んでる

洗いものがまだ一つ残つて居つたは

ほつたらかしてある池で蛙児となる

板の間をふく朝の尻そばだてたり

漬物くさい手でホ句を書いて

暦が留守の畳にほり出してあるきりだ

夫婦でくしやめして笑つた

わが眼の前を通る猫の足音無し

高下駄傘さして豆腐買ひに行くなり

よい月をほり出して村は寐て居る

障子の穴から小さい筍盗人を叱る

たもとから独楽出して児に廻して見せる

とんぼが羽ふせる大地の静かさふせる

破れうちはをはだかの斜にかまへる

青梅かぢつて酒屋の御用きゝが来る

青梅白い歯に喰ひこまれる

児の笑顔を抱いて向けて見せる

赤いお盆をまんまろくふいて居る

はつかしさうな鶯遠くへ逃げてはなく

豆のやうな火を掘り出し寒夜もどつて居る

木槿の垣から小犬がころがり出す

物干で一日躍つて居る浴衣

汐ふくむ夕風に乳房垂れたり

砂山下りて海へ行く人消えたる

軒のしのぶが手をのばす夕月

借金とりを返して青梅かぢつて居る

落葉ふんで来る音が犬であつた

ぱち〳〵返事をして豆がいれる

煙草のけむりが電線にひつかゝる野良は天気
言ふ事があまり多くてだまつて居る
筍くるくるむいてはだかにしてやる
口笛吹かるゝ四十男妻なし
夜がらすに啼かれても一人
蛙が手足を張り切て死んでゐる
寐そべつてゐる白い足のうらである

裸ン坊がとんで出る漁師町の児等の昼

手からこぼれる砂の朝日

かはいや小さくても赤い蟹の親ゆび

呼び返して見たが話しも無い

ひよいと呑んだ茶椀の茶が冷たかつた

うたが自慢でおばゝ酒をほしがる

朝顔の蔓のさきの命ふるはす

そうめん煮すぎて団子にしても喰《ク》へる

血を吸ひ足つた蚊がころりと死んでしまつた

洗濯竿にはわがさるまたが一つ

ざるから尾頭ぴんと出して秋風

帯のうしろに団扇をさしてお婆よく歩く

叱られた児の眼に蛍がとんで見せる

をさな心のランプを灯し島の海風

さゝつたとげを一人でぬかねばならぬ

まつくらなわが庵の中に吸はれる

天井のふし穴が一日わたしを覗いて居る

恋を啼く虫等のなかでかゞまつて寝る

障子の穴をさがして煙草の煙りが出て行つた

窓いつぱいの旭日さしこむ眼の前蠅交る事

今朝、五時頃ノ実景デ、ナンダカ馬鹿ニサレテ居ル様ナ気ガシマシタ、彼等、第一義諦ヲ知ル矣トデモ云ヒ

タイ様ナ気持デ、彼等ハ実ニ堂々タルモノデス、旭日
直射シ来レバ彼等ハ即歓呼ヲ挙ゲテ交ル、
秋風吹断一頭盧(?)
旭暉眼前蒼蝿交
マヅイ偈デスカ、マダ死ネソヲニモアリマセンカ

はちけそうな白いゆびで水蜜桃がむかれる
山ふところの風の饒舌
死ぬ事を忘れ月の舟漕いで居る
蚊帳のなか稲妻を感じ死ぬだけが残つてゐる

アノ婆さんがまだ生きて居たお盆の墓道

壁にかさねた足の毛を風がゆさぶつて居る

すね小僧より下にしか毛が無い秋風

線香が折れる音も立てない

屋根の棟に雀が並ぶあちむくこちむく

なつかしい角帯をしめきちんと座つて見る

路次の奥までさかなやの声が通る

巡査のうしろから蜻蛉がついて行つた

低い土塀から首が一つ出た

一番遠くへ帰る自分が一人になつてしまつた

欠伸して昼の月見付けた

新聞ばかり勉強して電車に乗つてる

蠅とり紙をふんづけた大きな足だ

初夏の女の足が笑ひかける

お客さんにこの風を御馳走しよう

○以下、島のオ祭雑吟です……島ノオ祭ニハ、御輿も無い御榊も無い、只、大小無数の太鼓を皆で、かついでドン〳〵叩いて、海神を驚かすのです……太鼓の大なるものは、素破らしい物があります、……神戸の楠公サンのを買つて来たとか云ふ、履歴ツキのもあります……小サイのは小供が担ぐ、東京の樽御輿のワツシヨイ〳〵と同様……なか〳〵、よいのが出来ませんが、マア見て下さいませ、……(太鼓ハ人ガ、上ニ乗ツテ居テ叩クノデスヨ)

柿の核子吐き出して太鼓をかつぐ

お祭のゴ馳走たべあいた顔で船に間にあつてる

涼しうなつた蠅取紙に蠅が身を投げに来る
てんぐるまして児に葡萄をとらせる
母子で代る代るおぢぎしてお墓
豆腐半丁水に浮かせたきりの台所
朝から四杯目の土瓶とだまりこんで居る
箸が一本みぢかくてたべとる
こつそり蚊が刺して行つたひつつそり

何がたのしみに生きてると問はれて居る

起きあがつた枕がへつこんで居る

晩の燕が白い腹を雛妓に見せる

すきな海を見ながら郵便入れに行く

舟が矢のように沖へ消えてしまつた

網干す炎天筋肉りう〳〵

下駄のまんまざぶざぶ海には入つて洗ふ

芋喰つて生きて居るわれハ芋の化物

蜘蛛もだまつて居る私もだまつて居る

すぐ死ぬくせにうるさい蠅だ

咲かねばならぬ命かな捨生えの朝顔

蚊帳のなかすね立てゝ居る外はまだ明るい

昼も出て来てさす蚊よ一人者だ

漁船ちらばり昼の海動かず

朝の机ふくやひや〳〵経文

今夜も星がふるやうな仏さまと寝ませう

洩るのかな土瓶すましこんで居る

沢庵のまつ黄な色を一本さげて来てくれた

だまりこんで居る朝から蚊がさしに来る

切り張りして居る庵の障子が瘦せてゐること

一日風吹く松よお遍路の鈴が来る

襟巻を取つた女の白い首だ

魚焼く金網が蜘蛛の巣にとられて居る

お粥ふつふつ煮える音の寐床に居る

生卵子こつくり呑んだ

胸のどこに咳が居て咳くのか

咳をして痰を吐いて今日も暮れた

蟇あすこにも一つ動けり

蟇やがて少し右に向きたり

爪切る音が薬瓶《クスリビン》にあたつた

お椀を伏せたやうな乳房むくむくもり上る白雲

風の道白々吹かるゝ墓道

ごそ〳〵寐床の穴には入つておしまひ

立ち寄れば墓にわがかげうつり

蟹が顔出す顔出す引潮の石垣

朝が奇麗になつてるでせうお遍路さん

針の穴の青空に糸を通す

死んだ真似した虫が歩き出した

猫の大きな顔が窓から消えた

短かい羽織きてちよこなんと家ぬち居りけり

一日雨音しつとり咳をして居る

茶わんの湯気が朝の顔にかゝる

葱きざむ朝は葱がしむ眼の泣かるゝ

のびあがつて見る海が広々見える

学校卒業した顔でやつて来た

昼は小供が番をしてる島の雑貨屋

昼月風少しある一人なりけり

鮨きゆうきゆうなかせて割いとる

拭くあとから猫が泥足つけてくれる

お遍路鈴音こぼし秋草の道

犬に覗かれた低い窓である

禿げあたまを蠅に好かれて居る

太つた女がたら〳〵汗ふくそばに居つた

町内の顔役に候蝙蝠

女よ女よ年とるな

駄菓子が好きな坊主を笑ひ給へ

海が荒れる日の漁師が酔つて居る

火の無い火鉢に手をかざし

いつ迄も曲つてゐる火ばしで寒いな

帽子の雪を座敷迄持つて来た

はらりと落葉つながれた猿が見てゐる

咳して出る寒ン空

痩せた尻が座布団に突きさゝる

用事の有りそうな犬が歩いてゐる

奥から奥から山が顔出す

元日の泥棒猫叱りとばす

風よ俺を呼んで居るな風よ

机の足が一本短かい

犬のお椀に飯が残つて居る

噴水力のかぎりを登りつめる

妻の下駄に足を入れて見る

カチ〳〵になつて居る蛙の死骸だ

手をついた蛙の腹に臍が無い

山の池晴れ蛙勇躍す

ゐもり冷やかな赤さひるがへす

蛙蛙にとび乗る

嫁入りのお供が山みち酔つてもどる

吹けばとんでしまつた煙草の灰
うす霜の朝脊中こ寒く
灰の中の釘が曲つて出て来る
馬がをどれば馬車がをどる冬野
今日も夕陽となつて座つて居る
きかぬ薬を酒にしよう
古足袋のみんな片足ばかり

布団のなかの肋骨がごろごろしとる

煙草屋の娘のお白粉がはげてた

一人の道が暮れて来た

墓にもたれて居る脊中がつめたい

寒ン空火事がうつる

茶わんがこわれた音が窓から逃げた

今朝は俺が早かつたぞ雀

おはぎを片寄らして児が提げて来た

一枚の舌を出して医者に見せる

一丁の冷豆腐たべ残し

元日のみんな達者馬も達者

芸者の三味線かついで行く月夜

蛙をつぶし蟹を殺した児がくたびれて居る

落書が無くてお寺の白壁

お医者の靴がよく光ること

どうしても動かぬ牛が小便した

四角な庵の元日

ことこと番茶を煮てもてなす

つきたての餅をもらつて庵主であつた

たもとになんにもは入つて居ない

星がふるやうな火の見やぐら

どつから夜中の風がは入つて来るのか
一番鶏がないたやうでもある欠伸をした
お月さんもたつた一つよ
白壁雨のあとある
一日の終りの雀
カタリコトリ夜の風がは入つて居る
縁の下から猫が出て来た夜

入庵雑記

島に来るまで

このたび、仏恩によりましてこの庵《いおり》の留守番に座らせてもらう事になりました。庵は南郷庵と申します、も少し委しく申せば、王子山蓮華院西光寺奥の院南郷庵であります。西光寺は小豆島八十八ケ所の内、第五十八番の札所でありまして、この庵は奥の院となっておりますから番外であります。已に奥の院といい、番外と申す以上、いわゆる、庵らしい庵であります。

庵は、六畳の間にお大師様をまつりまして、次の八畳が、居間なり、応接間なり、食堂であり、寝室であるのです、その次に、二畳の畳と一畳ばかしの板の間、これが台所で、それにくっ付いて小さい土間に竈《かまど》があるわけであります、ただこれだけでありますが、一人の生活としては勿体《もったい》ないと思うほどであります。庵は、西南に向って開いております、庭先きに、二タ抱えもあろうかと思われるほどの大松が一本、これが常にこの庵を保護しているかのように、日夜松籟潮音を絶やさぬのであります。この大松の北よりに一基の石碑が建っております、これには、奉供養大師堂之塔と彫《きざ》んでありましてその横には発願主円心禅門と記してあります、この大松と、この碑とは、朝夕八畳に座っている私の眼から離れた事がありません。この発願主円心禅門という文字を見るたびに私は感慨無量ならざるを得ん次第であります。この庵も大分とそこら中が古くなっているようですが、私より以前、果して幾人、幾十人の人々が、この庵で、安心して雨露を凌ぎ且《かつ》はゆっくりと寝させてもらった事であろう、それは一にこの円心禅門という人の発願による結果でなくてなんであろう、全く難有《ありがた》い事である、円心禅門という人は果してどんな人であったであろうかと、それからそれと、思いに耽るわけであります。

東南はみな塞《ふさ》がっておりまして、たった一つ、半間四方の小さい窓が、八畳の部屋に開いているのであります、この窓から眺めますと、土地がだんだん低みになって行きまして、その間に三、四の村の人家がたっていますが、大体に於て塩浜と、野菜畑とでありります、その間に一条の路があり、その道を一丁ばかり行くと小高い堤になり、それから先きが海になっているのであります。ここは瀬戸内海であり、殊にズッと入海になっておりますので、海は丁度渠の如く横さまに狭く見られるだけでありますけれども、私にはそれで充分であります。この小さい窓から一日海の風が吹き通しには入って参ります、それだけに冬は中々に寒いという事であります。

さて、「入庵雑記」と表題を置きましたけれども、入庵を機会として、私のこれまでの思い出話も少々聞いて頂きたいと思っているのであります。私の流転放浪の生活が始まりましてから早いもので已に三年となります。この間には全くいうにいわれぬ色々な事がありました、この頃の夜長に一人寝ていてつくづく考えて見ると、全く別世界にいるような感が致します、然るに只今はどうでしょう、私の多年の希望であったところの独居生活、そして比較的無言の生活を、いと安らかな心持で営ませていただいているのでであります、私にとりましては極楽であります。ところが、これが皆わが井師の賜《たまもの》であるのだから私には全く感謝の言葉がないのであります。井師の恩に思い到る時に私は、キット、妙法蓮華経観世音菩薩普門品の第二十五を朗読しているでありましょう、何故なれば、どういうものか、私は井師の恩を思う時、必《かならず》普門品を思い、そしてこの経文を読まざるを得ぬようになるのであります、理屈ではありません。観音経は実に絶唱すべき雄大なる一大詩篇であると思い信じております、井師もきっと共鳴して下さる事と信じております。なおこの機会に於て是非とも申させていただかねばならぬ事は西光寺住職杉本宥玄氏についてであります、已にこの庵が西光寺の奥の院である事は前に申しました通り、私がこの島に来まして同人井上一二氏を御尋ね申した時、色々な事情から大方、この島を去って行く話になっておりましたのです、その時この庵を開いて私を入れて下すったのが杉本師であります。杉本師は数年前井師が島の札所をお廻りになった時に、井上氏と共に御同行なされた方でありまして、誠に温好親切そのものの如き方であります、師とお話していますと自ら春風蕩漾《とうよう》たるものがあります。私はこの尊敬すべき師の庇護の下にこの庵に座らせてもらっているので、何という幸福でしょうか——、また、同人井上氏の御同情は申すまでもなく至れり尽せりでありまして、これら一に、井師を機縁として生じて来たものであるという事に思い到りますれば、私はここに再び、朗々、観音経を誦さなくてはならない気持となるのであります。

丁度明治卅五年頃の事と覚えております、その頃井師も私も共に東京の第一高等学校におりました、井師は私よりも一級上級生というわけで、その頃俳句——新派俳句といった時代です——が非常に盛で、その結果一高俳句会というものが出来、句会を開いたものでした。句会は大抵根津権現さんの境内に小さい池に沿うてちょっとした貸席がありましたので、其処《そこ》で開きました。そこの椎茸飯というのが名物で、お釜で焚《た》いたままを一人に一ツずつ持って来ましたが中々おいしかった、そうした御飯をたべたり御菓子をたべたりなんかして、会費は五十銭位だったと記憶しています。いつでも二十人近く集りましたが、師匠格としてきまって、虚子、鳴雪、碧梧桐、の三氏が見えたものです、虚子氏が役者みたいに洋服姿で自転車をとばして来たり、碧梧桐氏の四角などこかの神主さんみたいな顔や、鳴雪氏のあの有名な腹爛なんかの事を思い出しますのですよ。その当時の根津権現さんの境内はそれは静かなものでした。椎の木を四、五尺に切ってそれを組合せて地上にたてて、それに椎茸が生えているのを眺めたりなどして苦吟したものでした、日曜日なんかには目白の啼き合せ会なんかこの境内でやったのですから、それは閑静なものでしたよ。

ところで私は三年の后、一高を去ると共にこの会にも関係がなくなりました、そして井師は文科に、私は法科にというわけで、一時井師との間は打ち切られて、白雲去って悠々という形《かた》ちでありました、ところがこの縁が決して切れてはおりませんでした。火山の脈のように烈々としてその噴出する場所と時期とを求めていたものと見えます、世の中の事は人智をもってしては到底わかりっこありませんね。その後、私は已に社会に出ていわゆる腰弁生活をやっていたわけであります、そしてここに機縁を見出したものか『層雲』第一号から再び句作しはじめたものであります、それからこっちはいわゆる絶ゆるが如く絶えざるが如く、綿々縷《る》々《る》として経過しておりまする内に、三年前の私の放浪生活が突如として始まりまして以来は、以前の明治卅五、六年時代の交渉以上の関係となって来た訳なのであります。そこで、私がこの島に参りまする直前、京都の井師の新居に同居しておりました事を少し話させていただきましょう。井師のこのたびの今熊野の新居は清洒たるものではありますが、それは実に狭い、井師一人だけですらどうかと思う位なところへ、この飄々たる放哉が転がり込んだわけです、しかも蚊がたくさんいる時分なのだから御察し下さい、一人吊りの蚊帳の中に、井師の布団を半分占領して毎晩二人で寝たわけです、その狭い事狭い事、この同居生活の間に私は全く井師に感服してしまったのです。鋒鋩は已に明治卅五、六年頃からあったのではあるが、全く呉下の旧阿蒙に非《あら》ず、それはその後の鎌倉の修行もありましょうし、母、妻、子、に先立たれた苦しい経験もありましょう、また、その後の精神修養の結果もありましょうが、とにかく偉大なものです、包容力が出来て来たのであります。井師は私に決してミュッセンといった事がありません、一度も意見がましい言葉を聞いた事がないのであります、それでいて、自分で自然とそうせざるを得ぬような気持になって来るのであります、これが大慈悲でなくてなんでありましょう。

井師の新居に同居していた間は僅の事でしたけれども、その私に与えた印象は深甚なものでありました。井師と二人で田舎路を歩いていた時、ふとよく晴れた空を流れている一片の白雲を見上げて「秋になったねえ」というたった一言に直に私が共鳴するのです。或る夕べ、路傍の行きずりの小さい、多分子供の、葬式に出逢って極めて自然に、ソッと夏帽をとって頭を下げて行く井師にすぐと私は共鳴するのです。二人で歩いていて、井師もまた、妻も児もない人なんだなと思ってつくづく見ると、その衣物の着方が如何にも下手くそなのです、しかも前下りかなんかで、それを誰も手をかけてなおしてくれる人も今はないのだ、何時でも衣物の着方の下手くそなので叱られていた私は直にまた共鳴せざるを得ぬのです。下駄の先鼻緒に力を入れて、突っかけて歩くもの故、よく下駄の先きをまだ新らしいうちに壊してしまったり、先鼻緒を切ったりした自分を思い出すと、井師がまたその通り、また共鳴せざるを得ませぬ。その外、床の間の上に乗せてあった白袴……恐らくは学生時代のであってほしかったが……一高の寮歌集等々、一事、一物、すべて共鳴するものばかり。僅かの間の同居生活でしたけれども、私にとっては実に異常なものであったのであります。

井師は今、東京に帰っておらるる日どりになっている、なんとなく淋しい、京都にいると思えばそうでもないのだが、東京だと思うと、遠方だなという気持がして来るのです。私はここでまた、観音経を読まなければならぬ。机の上には、いつでもこのお経文が置いてあるのですから。さて私はこの辺でちょっと南郷庵に帰らせていただいて、庵の風物その他につき、夜長のひとくさりを聞いていただきたいと思うのであります。

我昔所造諸悪業。皆由無始貪瞋痴。
従身口意之所生。一切我今皆懺悔。

海

庵に帰れば松籟颯々、雑草離々、至ってがらんとしたものであります。往昔、芭蕉が弟子の句空に送りました句に、「秋の色糠味噌壷も無かりけり」とあります。これは、『徒然草』の中に、世を捨人は浮世の妄愚を払い捨てて、糂汰《じんだ》瓶《がめ》ひとつも持つまじく、という処から出ているのだそうでありますが、全くこの庵にも、糠味噌壷一つないのであります。縁を人に絶って身を方外に遊ぶなどと気取っているわけでは毛頭ありませんし、また、その柄でも勿論ないのでありますから、時々、ふとした調子で、自分はたった一人なのかな、という感じに染々《しみじみ》と襲われることであります。八畳の座敷の南よりの、か細い一本の柱に、たった一つの背をよせかけて、その前に、お寺から拝借して来た小さい低い四角な机を一つ置いて、お天気のよい日でも、雨がしとしとと降る日でも、風がざわざわ吹く日でも、一日中、朝から黙って一人で座っております。

座っている左手に、これも拝借もの……というよりも、この庵に私がはいりました時残っておった、たった一つの什器であったところの小さな丸い火鉢が置いてあるのです。この火鉢は殆んど素焼ではないかと思われるほどの瀬戸の黒い火鉢なのですが、その火鉢のぐるりが、およそこれ以上に毀すことは不可能であろうと思われるほど疵だらけにしてあります、これは必《かならず》、前住の人が煙草好きであって、鉄の煙管かなんかでノベツにコツンコツン毀していた結果にちがいないと思うのです、誠に御丹念な次第であります、この外には道具と申してもなんにもないのでありますから、誠にがらんとし過ぎたことであります。この南よりの一本の柱と申すのが、甚《はなはだ》形勝の地位に在るので、遥に北の空を塞ぐ連山を一眸のうちに入れると共に、前申した一本の大松と、奉供養大師堂之塔の碑とが、いつも眼の前を離れぬのであります。いながらにして首を少し前にのばせば、そこは広々と低みのなだれになって一面の芋畑、そして遠く、土庄《とのしよう》町の一部と、西の空の開いているのが見えるのであります。東は例のこの庵唯一の小さい低い窓でありまして、その窓を通して渠の如き海が見え、海の向うには、島のなかの低い山が連《つらな》っております。西はすぐ山ですから、窓によって月を賞するの便があるのみで、別に大した風情は有りませんのです。お天気のよい日には毎朝、この東の空に並んでいる連山のなかから、太陽がグングン登って来ます。太陽の登るのは早いものですね、山の上に出たなと思ったら、もう、グッグッグッと昇ってしまいます。その早いこと、それを一人座ってだまって静に見ている気持ッたら全くありません。私は性来、殊《こと》の外《ほか》海が好きでありまして、海を見ているか、波音を聞いていると、大抵な胸の中のイザコザは消えてなくなってしまうのです。賢者は山を好み、智者は水を愛す、という言葉があります、この言葉はなかなかうま味のある言葉であると思います、ただし、私だけの心持かも知れませんが――。一体私は、ごく小さな時からよく山にも海にも好きで遊んだものですが、だんだんと歳をとって来るに従って、山はどうも怖い……と申すのもおかしな話ですが、……親しめないのですな、殊に深山幽谷といったような処《ところ》に這入《はい》って行くと、なんとはなしに、身体中が引き締められるような怖い気持がし出したのです、丁度、怖い父親の前に座らされているといったような気持です。ところが、海は全くそうではないのであります、どんな悪い事を私がしても、海は常にだまって、ニコニコとして抱擁してくれるように思われるのであります。全然正反対であります。ですから私は、これまで随分旅を致しましたうちで、荒れた航海にもたびたび出逢わしておりますが、どんなに海が荒れても私はいつも平気なのであります、それは自分でもおかしいようです、よし、船が今微塵《みじん》にくだけてしまっても、自分はあのやさしい海に抱いてもらえる、という満足が胸の底に常にあるからであろうと思います、丁度、慈愛の深い母親といっしょにいる時のような心持になっているのであります。

私は勿論、賢者でもなく、智者でもありませんが、ただ、わけなしに海が好きなのです。つまり私は、人の慈愛……というものに飢え、渇している人間なのでありましょう。ところがです、この、個人主義の、この戦闘の世の中に於て、どこに人の慈愛が求められましょうか、中々それは出来にくい事であります。そこで、勢《いきおい》これを自然に求める事になって来ます。私は現在に於ても、たとい、それが理屈にあっていようがいまいが、または、正しい事であろうがあるまいが、そんな事は別で、父の尊厳を思い出す事は有りませんが、いつでも母の慈愛を思い起すものであります。母の慈愛――母の私に対する慈愛は、それは如何なる場合に於ても、全力的であり、盲目的であり、かつ、他の何者にもまけない強い強いものでありました。善人であろうが、悪人であろうが、一切衆生の成仏を……その大願をたてられた仏の慈悲、即ち、それは母の慈愛であります。そして、それを海がまた持っているように私には考えられるのであります。

なおここに、海に附言しまして、是非ともひとこと聞いておいていただきたい事があるのであります。私が、流転放浪の三ケ年の間、常に、少しでも海が見える、あるいはまた海に近い処にあるお寺を選んで歩いておりましたという理由は、一に前述の通りでありますが、なお一つ、海の近い処にある空が、……殊更その朝と夕とに於て……そこに流れているあらゆる雲の形と色とを、それは種々様々に変形し、変色して見せてくれるという事であります、勿論、その変形、変色の底に流れている光りというものを見逃がす事も出来ません。これは誰しも承知している事でありますが、海の近くでないとこいつが絶対に見られないことであります。私は、海の慈愛と同時に、この雲という、曖《あい》昧《まい》模《も》糊《こ》たるものに憧憬《あこが》れて、三年の間、飄々乎として歩いていたというわけであります。それが、このたび、仏恩によりまして、この庵に落ち付かせていただく事になりまして以来、朝に、夕べに、海あり、雲あり、しかも一本の柱あり、と申す訳で、いわんや時正《まさ》に中秋、海につけ、雲につけ、月あり、虫あり、これ年内の人間好時節という次第なのであります。

念仏

六畳の座敷は、八畳よりも七、八寸位い高みに出来ておりまして、ここにお大師さまがおまつりしてあるのです、この六畳が大変に汚なくなっていましたので、信者の内の一人が、つい先達《せんだっ》て畳替えをしたばかりのとこなのだそうでして、六畳の仏間は奇麗になっております。この島の人……と申しても、主に近所の年とったお婆さん連中なのですが、お大師さまの日だとか、お地蔵さまの日だとか、あるいはまた、別になんでも無い日にでも、五、六人で鉦をもって来て、この六畳の仏間にみんなが座って、お念仏なり、御詠歌なりを申しあげる習慣になっております。

それはお念仏を申すとか、御詠歌を申す、とか島の人はいうのです、それで、ただ単に「申しに来ました」とか、「申そうじゃありませんか」という風に普通話しております。八、九分通りまでは皆お婆さんばかり……それも、七十、八十、稀には九十一というお婆さんがありましたが、また、中には、若い連中もあるのであります。そこでおかしい事には、この御念仏なり、御詠歌なりを申しますのに、旧ぶしと新ぶしとがあるのであります。「旧ぶし」というのは、ウンと年とったお婆さん連中が申す調子であります、「新ぶし」は中年増といったようなところから、十六や十七位な別嬪《べっぴん》さんが交って申すふしであります。そのふし廻しを聞いておりますと、旧ぶしは平々凡々、水の流るるが如く、新ぶしの方は、丁度唱歌でもきいているようで、抑揚あり、頓挫あり、中々に面白いものであります。ですから、その持っている道具にしても、旧ぶしの方は伏鉦《ふせがね》を叩くきりですが、新ぶしの方は、鉦は勿論ありますし、それに長さ三尺位な鈴《リン》を持ちます。その鈴の棒の処々には、洋銀か、ニッケルかのカネの輪の飾りが塡《は》めこんでありまして、ピカピカ光っている、棒の上からは赤い房がさがっている、中々美しいものでありますが、それを右の手に持ってリンリン振りながら、左り手では鉦をたたく、中々面白くもあり、五人も十人も調子が揃って奇れいなものであります。ところがです、この両派が甚《はなはだ》合わない、いわば常に相嫉視しているのであります、何しろ、一方は年よりばかり、一方は若い連中、というのでありますから、色々な点から考えて見て、是非もない次第であるかも知れませぬ。

一体、関東の方では、お大師さまの事をあまりやかましくいわないようですが、関西となると、それはお大師さまの勢力というものは素晴らしいものであります。私が須磨寺におりました時、あすこのお大師さまは大したものでありまして、殊に盆のお大師さまの日と来ると、境内に見世物小屋が出来る、物売り店が並ぶ、それはえらい騒ぎ、何しろ二十日の晩は夜通しで、神戸大阪辺から五万十万という人が間断なくおまいりに来るのですから全くのお祭りであります、……丁度東京の池上のお会式《えしき》……あれと同じ事であります。その時のことでしたが、ある信者の団体は、ちょっとした舞台を拵《こしら》えまして、御詠歌踊りというのをやりました、囃《はや》しにはさきほど申し上げました美くしい鈴《リン》と、それに小さい拍子木がはいります、そのまた拍子木が非常によく鳴るのです、舞台では十二、三から十五、六まで位の美くしい娘さんが、手拭と扇子とをもって御詠歌に合して踊るのであります。この島には未だ、この拍子木も、踊りもはいって来ておらぬようで有りますが、何《いず》れは遠からずしてやって来る事でしょう。然し、島の人々の信心深い事は誠に驚き入るのでありまして、内地ではとても見る事が出来ますまい。祖先に対する厚い尊敬心と、仏に対する深い信仰心には敬服する次第であります。たしか、お盆の頃の事でしたが、庵の前の道を、「このお花は盆のお墓にあげようと思ってこの春から丹念に作っておりましたが……」などいい交《かわ》しながら通って行く島人の声をきいていまして、しんみりとさせられた事でした。

鉦《かね》たたき

私がこの島に来たのは未だ八月の半ば頃でありましたので、例の井師の句のなかにある、「氷水でお別れ」をして京都を十時半の夜行でズーとやって来たのです。ですから非常に暑くて、浴衣一枚すらも身体につけていられない位でした、島は到る処これ蟬声嘒々《けいけい》。しかし季節というものは争われないもので、それからだんだんと虫は啼き出す、月の色は冴えて来る、朝晩の風は白くなって来るというわけで、庵も追々と、正に秋の南郷庵らしくなって参りましたのです。

一体、庵のぐるりの庭で、草花とでもいえるものは、それは無暗と生えている実生《みしょう》の鶏頭、美くしい葉鶏頭が二本、未だ咲きませぬが、これも実生の十数株の菊、それと、白の一重の木槿《むくげ》が二本……裏と表とに一本ずつあります、二本とも高さ三、四尺位で、各々十数個の花をつけております、そして、朝風に開き、夕靄に蕾《つぼ》んで、長い間私をなぐさめてくれております。まあこれ位なものでありましょう。あとは全部雑草、殊に西側山よりの方は、名も知れぬ色々の雑草が一面に山へかけて生い繁っております。然し、よく注意して見ると、これら雑草の中にもホチホチ小さな空色の花が無数に咲いております、島の人はこれを、かまぐさ、とか、とりぐさ、とか呼んでおります。丁度小鳥の頭のような恰好をしているからだそうです、紺碧の空色の小さい花びらをたった二まいずつ開いたまんま、数知れず、黙りこくって咲いています。私だちも草花であります、よく見て下さい——といった風に。

　こういう有様ですから、追々と涼しくなって来るといっしょに、いわゆる、虫声喞々《しょくしょく》。あたりがごく静かですから昼間でも啼いています、雨のしとしと降る日でも啼いております。ですから夜分になって一層あたりがシンカンとして来ると、それは賑《にぎや》かなことであります。私は朝早く起きることが好きでありまして、五時には毎朝起きておりますし、どうかすると、四時頃、まだ暗いうちから起き出して来て、例の一本の柱によりかかって、朝がだんだんと明けて来るのを喜んで見ているのであります。そういった風ですから、夜寝るのは自然早いのです。暮れて来ると直ぐに蚊帳《かや》を吊って床の中には入ってしまいます、殆んど今までランプをつけた事がない、これは一つは、私の大敵である蚊群を恐れる事にもよるのですけれども、まず、暗くなれば、蚊帳のなかにはいっているのが原則であります、そして布団の上で、ボンヤリしていたり、腹をへらしたりしております。ですから自然、夜は虫なく声のなかに浸り込んで聞くともなしに聞いているときが多いのであります。ジッとして聞いていますと、それは色々様々な虫がなきます、遠くからも、近くからも、上からも、下からも、あるいは風の音の如く、また波の叫びの如く。そのなかに一人で横になっているのでありますから、まるで、野原の草のなかにでも寝ているような気持がするのであります、かようにして一人安らかな眠りのなかに、いつとはなしに落ち込んで行くのであります。その時なのです。フト(鉦叩き)がないているのを聞き出したのは——

鉦叩きという虫の名は古くから知っていますが、その姿は実のところ私は未だ見た事がないのです、どの位の大きさで、どんな色合をして、どんな恰好をしているのか、チットも知りもしない癖でいて、そのなく声を知ってるだけで、心を牽《ひ》かれるのでありま す。この鉦叩きという虫のことについては、かつて、小泉八雲氏が、なんかに書いておられたように思うのですが、只今、チットも記憶しておりません。ただ、同氏が、大変この虫の啼く声を賞揚しておられたという事は決して間違いありません。東京の郊外——渋谷辺にも——にもちょいちょいいるのですから、御承知の方も多いであろうと思われますが、あの、カーン、カーン、カーン、という啼き声が、何ともいうにいわれない淋しい気持をひき起してくれるのです。それは他の虫等のように、その声には、色もなければ、艶もない、勿論、力もないのです、それでいてこの虫がなきますと、他のたくさんの虫の声々と少しも混雑することなしに、ただ、カーン、カーン、カーン、………如何にも淋しい、如何にも力のない声で、それでいて、それを聞く人の胸には何ものか非常にこたえるあるものを持っているのです。そのカーン、カーン、という声は、大抵十五、六遍から、二十二、三遍位くり返すようです、中には、八十遍以上も啼いたのを数えた……寝ながら数えた事がありましたが、まあこんなのは例外です、そしてこの虫は、一ケ所に決してたくさんはおらぬようであります、大抵多いときで三疋か四疋位、時にはたった一疋でないている場合――多くの虫等の中に交って――を幾度も知っているのであります。

瞑目してジッと聞いておりますと、この、カーン、カーン、カーン、という声は、どうしてもこの地上のものとは思われません。どう考えて見ても、この声は、地の底、四、五尺の処から響いて来るようにきこえます、そして、カーン、カーン、如何にも鉦を叩いて静かに読経でもしているように思われるのであります。これは決して虫ではない、虫の声ではない、……坊主、しかも、ごく小さい豆人形のような小坊主が、まっ黒い衣をきて、たった一人、静かに、……地の底で鉦を叩いている、その声なのだ、何の呪詛か、何の因果か、どうしても一生地の底から上には出る事が出来ないように運命づけられた小坊主が、たった一人、静かに、……鉦を叩いている、一年のうちでただこの秋の季節だけを、仏から許された法悦として、誰に聞かせるのでもなく、自分が聞いているわけでもなく、ただ、カーン、カーン、カーン、……死んでいるのか、生きているのか、それすらもよく解らない………ただしかし、秋の空のように青く澄み切った小さな眼を持っている小坊主………私には、どう考えなおして見てもこうとしか思われないのであります。

その私の好きな、虫のなかで一番好きな鉦叩きが、この庵の、この雑草のなかにいたのであります。私は最初その声を聞きつけた時に、ハッと思いました、ああ、いてくれたか、いてくれたのか……それもこの頃では秋益々闌《ふ》けて、朝晩の風は冷え性の私に寒いくらい、時折、夜中の枕に聞こえて来るその声も、これ恐らくは夢でありましょう。

石

土庄の町から一里ばかり西に離れた海辺に、千軒という村があります、島の人はこれを「センゲ」と呼んでおります。この千軒と申す処《ところ》が大変によい石が出る処だそうでして、誰もが最初に見せられた時に驚嘆の声を発するあの大阪城の石垣の、あの素晴らしい大きな石、あれは皆この島から、千軒の海から運んで行ったものなのだそうです。今でも絵はがきで見ますと、その当時持って行かれないで、海岸に投げ出したままで残っているたくさんの大石が磊々《らいらい》として並んでいるのであります。石、殆んど石から出来上っているこの島、大変素性のよい石に富んでいるこの島、…………こんな事が私には妙に、たまらなく嬉しいのであります。

現に、庵の北の空を塞いで立っているかなり高い山の頂上には——それは、朝晩常に私の眼から離れた事のない——実になんとも言われぬ姿のよい岩石が、たくさん重なり合って、天空に聳えているのが見られるのであります。亭々たる大樹が密生しているがために黒いまでに茂って見える山の姿と、また自ら別様の心持が見られるのであります。否寧ろ私はその赤裸々の、素ッ裸の、開けッ拡げた山の岩石の姿を愛する者であります。恐らく御承知の事と思います。この島が、かの、耶馬渓よりも、と称せられている寒霞渓を、その岩石を、懐深く大切に愛撫していることを——。私は先年、暫く朝鮮に住んでいたことがありますが、あすこの山はどれもこれも禿げている山が多いのであります、しかも岩山であります。これを植林の上から、また治水の上から見ますのは自ら別問題でありますが、赤裸々の、一糸かくす処のない岩石の山は、見た眼に痛快なものであります。山高くして月小なり、猛虎一声山月高し、など申しますが、猛虎を放って咆吼せしむるには岩石突兀たる山に限るようであります。

　話しがまた少々脱線しかけたようでありますが、私は、必ずしも、その、石の怪、石の奇、あるいはまた石の妙に対してのみ嬉しがるのではありません、否、それどころではない、私は、平素、路上にころがっている小さな、つまらない石ッころに向って、たまらない一種のなつかしい味を感じているのであります。たまたま、足駄の前歯で蹴とばされて、何処へ行ってしまったか、見えなくなってしまった石ッころ、また蹴りそこなって、ヒョコンとそこらにころがって行って黙っている石ッころ、なんて可愛いい者ではありませんか。なんで、こんなつまらない石ッころに深い愛情を感じているのでしょうか。つまり、考えて見ると、蹴られても、踏まれても何とされてもいつでも黙々としてだまっている……その辺にありはしないでしょうか、いや、石は、物がいえないから、黙っているより外にしかたがないでしょうよ。そんなら、物のいえない石は死んでいるのでしょうか、私にはどうもそう思えない、反対に、すべての石は生きていると思うのです。石は生きている。どんな小さな石ッころでも、立派に脈を打って生きているのであります。石は生きているが故に、その沈黙は益々意味の深いものとなって行くのであります。よく、草や木のだまっている静けさを申す人がありますが、私には首肯出来ないのであります。何となれば、草や木は、物をしゃべりますもの、風が吹いて来れば、雨が降って来れば、彼らは直に非常な饒舌家となるではありませんか、ところが、石に至ってはどうでしょう、雨が降ろうが、風が吹こうが、ただこれ、黙また黙、それでいて石は生きているのであります。

私はしばしば、真面目な人々から、山の中に在る石が児を産む、小さい石ッころを産む話しを聞きました。また、久しく見ないでいた石を偶然見付けると、キット太って大きくなっているという話しを聞きました。これらの一見つまらなく見える話しを、鉱物学だとか、地文学だとかいう見地から、総て解決し、説明し得たりと思っていると大変な間違いであります。石工の人々にためしに聞いて御覧なさい。必皆異口同音に答えるでしょう、石は生きております……と。どんな石でも、木と同じように木目といったようなものがあります、その道の方では、これを、くろたま、といっています。ですから、木と同様、年々に太って大きくなって行くものと見えますな……とか、石も、山の中だとか、草ッ原で呑気に遊んでいるときはよいですが、一度、吾々の手にかかって加工されると、それっ切りで死んでしまうのであります。例えば石塔でもです、一度字を彫り込んだ奴を、今一度他に流用して役に立ててやろうと思って、三寸から四寸位も削りとってみるのですが、中はもうボロボロで、どうにも手がつけられません、つまり、死んでしまっているのですな、結局、漬物の押し石位なものでしょうよ。それにしても、少々軽くなっているかも知れませんな……とか、こういったような話しは、ザラに聞く事が出来るのであります。石よ、石よ、どんな小さな石ッころでも生きてピンピンしている、その石に富んでいるこの島は、私の感興を惹くに足るものでなくてはならないはずであります。

　俺は町の一番とっぱしの、ちょっと小高い処に立っておりまして、海からやって来る風にモロに吹きつけられて、ただ一本の大松のみをたよりにしているのであります。庵の前の細い一本の道は、西南の方へ爪先き上りに登って行きまして私を山に導きます、そして、そこにある寂然たる墓地に案内してくれるのであります。この辺はもう大分高みでありまして、そこには、島人の石塔が、白々と無数に林立しております。そして、どれもこれも、皆勿体ないほど立派な石塔であります、申すまでもなく、島から出る好い石が、皆これらの石塔に作られるのです、そして、雨に、風に、月に、いつも黙々として立ち並んでおります。墓地は、秋の虫たちにとってはこの上もないよい遊び場所なのでありますが、已に肌寒い風の今日この頃となりましては、殆んど死に絶えたのか、美くしいその声もきく事が出来ません、ただただ、いつまでもしんかんとしている墓原、これら無数に立ち並んでいる石塔も、地の下に死んでいる人間と同じように、みんなが死んで立っているのであります、地の底も死、地の上も死、………ああ、私は早く庵にかえって、私のなつかしい石ッころを早く拾いあげて見ることに致しましょう、生きている石ッころを――。

風

市中甚遠からねば、杖頭に銭をかけて物を買う足の労を要せず、しかも、市中またはなはだ近からねば、窓底に杖を支えて夢を求むる耳静なり、それ、巣居して風を知り、穴居して雨を知る……

こう書き出しまするとまるで、『鶉衣』にある文句のようで、すっかり浮世離れをしている人間のように思われるのですが、その実はこれ、俗中の俗、窃《ひそか》に死ぬまでの大俗を自分だけでは覚悟しているのであります。が然し、庵の場所は全く申し分なしで、只今申上た通り、市中を去ること余り遠くもなく、さりとてまた近過ぎもせず、勿論、巣居であり、穴居でありますが、俗物にとってははなはだ以て都合のよろしい位置に建っているのであります。巣と申せば鳥に非ずとも必ず風を連想しますし、穴と申せば虫に非ずとも必ず雨を思い起します、入庵以来日未だ浅い故に、島の人々との間の交渉が、自ら少なからざるを得ないから、自然、毎日朝から庵のなかにたった一人きりで座っている日が多いのであります。独居、無言、門外不出……他との交渉が少ないだけそれだけに、庵そのものと私との間には、日一日と親交の度を加えて参ります。一本の柱に打ち込んである釘、一介の畳の上に落ちている塵といえども、私の眼から逃れ去ることは出来ませんのです。

今暫くしますれば、庵と私というものとが、ピタリと一つになりきってしまう時が必ず参ることと信じております。只今は正に晩秋の庵……誠によい時節であります。毎朝五時頃、まだウス暗いうちから一人で起き出して来て……庵にはたった一つ電灯がついていまして、これが毎朝六時頃までは灯っております……東側の小さい窓と、西側の障子五枚とをカラリとあけてしまって、仏間と、八畳と、台所とを掃き出します、そしてお光りをあげて西側の小さい庭の例の大松の下を掃くのです。この頃になると電気が消えてしまいまして、東の小窓を通して見える島の連山が、旭日の登る準備を始めております、その雲の色の美くしさ、未だ町の方は実に静かなもので、何もかも寝込んでいるらしい、ただ海岸の方で時折漁師の声がきこえてくる位なもの——。これが私のお天気の日に於ける毎日のきまった仕事であります、全くこの頃お天気の日の庵の朝、晩秋の夜明の気持は何とも譬えようがありません。もしそれ、これが風の吹く日であり、雨の降る日でありますと、また一種別様な面白味があるのであります。島は一体風の大変よく吹く処で、殊に庵は海に近く少し小高い処に立っているものですから、その風のアテ方は中々ひどいのです。この辺は余り西風は吹きませんので、大抵は海から吹きつける東南の風が多いのであります。今日は風だな、と思われる日は大凡《おおよそ》わかります。それは夜明けの空の雲の色が平生と異《ちが》うのであります、ちょっと見ると晴れそうでいて、その雲の赤い色がただの真ッ赤な色ではないのです、これは海岸のお方は誰でも御承知の事と思います、実になんとも形容出来ないほど美くしいことは美くしいのだけれども、その真ッ赤の色の中に、破壊とか、危惧とかいった心持の光りをタップリと含んで、如何にも静かに、また如何にも奇麗に黎明の空を染めているのであります。こんな雲が朝流れている時は必ず風、……間もなくそろそろ吹き始めて来ます、庵の屋根の上には例の大松がかぶさっているのですから、これがまっ先きに風と共鳴を始めるのです、悲鳴するが如く、痛罵するが如く、また怒号するが如く、その騒ぎは並大抵の音じゃありません。庵の東側には、例の小さな窓一つ開いているきりなのですから、だんだん風がひどくなって来ると、その小さい窓の障子と雨戸とを閉め切ってしまいます、それでおしまい。外に閉める処がないのです。ですから、部屋のなかはウス暗くなって、ただ西側の明りをたよりに座っているより外致し方がありません。こんな日にはお遍路さんも中々参りません、墓へ行く道を通る人も勿論ありません。風はえらいもので、どこからどう探して吹き込んで来るものか、天井から、壁のすき間から、ヒュー、ヒューと吹き込んで参ります。庵は余り新しくない建て物でありますから、ギシギシ、ミシミシ、どこかしこが鳴り出します、大松一人威勢よく風と戦っております。夜分なんか寝ておりますと、すき間から吹き込んだ風が天井にぶつかってそのまま押し上げるものと見えまして、寝ている身体が寝床ごといっしょにスーと上に浮きあがって行くような気持がする事は度々のことであります、風の威力は実にえらいものであります。私の学生時代の友人にK……今は東京で弁護士をやっております……という男がありましたが、この男、生れつき風を怖がること夥《おびただ》しい、本郷のある下宿屋に二人でいました時なんかでも、夜中に少々風が吹き出して来て、ミシミシそこらで音がし始めると、とても一人でじっとして自分の部屋にいることが出来ないのです。それで必ず煙草をもって私の部屋にやって来るのです、そして、くだらぬ話しをしたり、お茶を呑んだり煙草を吸ったりしてゴマ化して置くのですね、私も最初のうちは気が付きませんでしたが、とうとう終いに露見したというわけです、あんなに風の音を怖がる男は、メッタに私は知りません、それは見ているど滑稽なほどなのです、ところが、この男に兜を脱がなければならないことが、こんどは私に始まったのです。それは……誠にこれも馬鹿げたお話なのですけれども……私は由来、高い処にあがるのが怖いのです、それも、山とか岳とかに登るのではないので、例えば、断崖絶壁の上に立つとか、素敵に高いビルデング、、、の頂上の欄干もなにもないその一角に立って垂直に下を見おろすとか、そういう場合には私はとても堪えられぬのです、そんな処に長く立っていようものなら、身体全体が真ッ逆様に下に吸い込まれそうな気持になるのです、、、イヤ、事実私は吸い込まれて落ちるに違いありません、と申すのは、そういう高い処から吸込まれて落込む夢を度々見るのですから。ところがこのKです、あの少しの風音すらも怖がるKが、右申上げたような場合は平気の平左衛門なのです、例えば浅草の十二階……只今はありませんが……なんかに二人であがるとき、いつでもこの意気地なし奴がというような顔付をして私を苦しめるのです。丁度、蛇を怖がる人と、毛虫を怖がる人とが全然別の人であるようなものなんでしょう。浅草といえば、明治三十年頃ですが、向島で、ある興行師が、小さい風船にお客を乗せて、それを下からスルスルとあげて、高い空からあたりを見物させることをやったことがあります。ところがどうです、このKなる男は、その最初の搭乗者で、そして大に痛快がっているという有様なのです……いや、例により、とんだ脱線であります。さて風の庵の次は雨の庵となるわけですが、全体この島は雨の少ない土地らしいのです、ですから時々雨になると大変にシンミリした気持になって座っていることが出来ます。しかし庵の雨は大抵の場合に於て風を伴いますので、雨を味う日などは、ごくごく今までは珍しいのでした。そんな日はお客さんもなし、お遍路さんも来ず、一日中昼間は手紙を書くとか、写経をするとか、読経するとかして暮します、雨が夜に入りますと、益々しっとりした気分になって参ります。

灯

庵のなかにともっている夜の明りと申せば、仏さまのお光りと、電灯一つだけでありま す……これもつい先日まではランプであったのですが、お地蔵さまの日から電灯をつけていただくことになりました。一に西光寺さんの御親切の賜《たまもの》であります、入庵以来幾月もたたないのですが、どの位西光寺さんの御親切、母の如き御慈悲に浴しましたことか解りません、具体的には少々楽屋落ちになりますから、これは避けさせていただきます……それだけの灯りがあるだけであります、さて、庵の外の灯ですが、これがまた数えるほどしか見えないのであります。北の方五、六町距《へだた》った処の小さい岳の上にカナ仏さまがあります……やはりお大師さまで……その上に一つの小さい電気がともっております、それから西の方は遥か十町ばかり離れて、町家の灯が低く一つ見えます、東側には海を越えた島の山の中腹に、ポッチリ一つ見えます、多分お寺かお堂らしいですが、以上申上た三ツの灯を、しかもどれも遥かの先きに見得るだけであります、自然庵のぐるりはいつも真ッ暗と申してさし支えありますまい。イヤ、お墓を残しておりました。庵の上の山に在る墓地に、ともすると時々ボンヤリと一つ二つ灯が見えることがあります、これは、新仏のお墓とか、または年回などの時に折々灯される灯火なのです、「明滅たり」とは、正にこの墓地の晩に時々見られる灯火のことだろうと思われるほどボンヤリとして山の上に灯っております。私は、こんな淋しい処に一人で住んでおりながら、これで大の淋しがりやなんです、それで夜淋しくなって来ると、雨が降っていなければ、障子をあけて外に出て、このたった三つしかない灯を、遥の遠方に、しかも離れ離れに眺めて一人で嬉しがっているのであります。墓地に灯が見える時はなお一層にぎやかなのですけれどもそうそうは贅沢もいえない事です。庵の後架は東側の庭にありますので、用を足すときは必ず庵の外に出なければなりません。例の、昼間海を眺めるにしましても、夜お月さまを見るにも、そしてこの灯火を見るにも、私が度々庵の外に出ますのですから、大変便利であります、何が幸になるものか解りませんね、後架が外にあることがこれらの結果を産み出すとは。灯と申せば、私が京都の一灯園におりました時分、灯火に対して抱いた深刻な感じを忘れることが出来ません、この機会に於て少しまた脱線さしていただきましょう。ちょっとその前に一灯園なるものの様子を申上げましょう、これは余談ですが層雲同人の金井夕明さん、あの方は、たしか何年前の夏、一灯園に暫くおられたように私は園で承《うけたまわ》っていたのですが、あるいはあの金井さんか、それとも別の人なのか、一度金井さんに御伺してみようみようと思いつつ今日迄失礼している次第であります。『層雲』同人で一灯園におられた方は割合に少ないだろうと思いますから少し書いてみましょう。園は御承知かも知れませんが、京都の洛東鹿ケ谷に在ります、紅葉の名所で有名な永観堂から七、八丁も離れておりましょうか、山の中腹にポツンと一軒立っております、それは実に見すぼらしい家で、井師は已に御承知であります、いつぞや北朗さんとお二人で園にお尋ねにあずかった事がありますから……それでも園のなかには入りますと、道場もあれば、二階の座敷もある、といったようなわけ。庭に一本の大きな柿の木があります、用水は山水、これが竹の樋を伝って来るのですから、よく毀れては閉口したものでした。在園者はいつでも平均男女合して三十人から四十人はおりましょうか、勿論その内容は、毎日、去る者あり、来るものありというのでして、在園者は実によく変ります。私は一昨年の秋、しかもこの十一月の二十三日、新嘗祭の日をトして園にとび込みました。私は満州におりました時二回も左側湿性肋膜炎をやりました、何しろ零度以下四十度なんという事もあるのですから私のような寒がりにはたまりません、その時治療してもらった満鉄病院々長A氏から……なおこれ以上無理をして仕事をすると……と大に脅かされたのがこの生活には入ります最近動機の有力なる一つとなっているのであります。満州からの帰途長崎に立ち寄りました、あそこは随分大きなお寺がたくさん有る処でありまして、耶教撲滅の意味で威嚇的に大きくたてられたお寺ばかりです、何しろ長崎の町は周囲の山の上からお寺で取りかこまれていると見ても決して差支えありません。そこで色々と探して見ましたが、さて、是非入れて下さいと申す恰好なお寺というものがありませんでした、そこで機縁が一灯園と出来上ったというわけであります。長崎から全く無一文、裸一貫となって園にとび込みました時の勇気というものは、それは今思い出して見ても素晴らしいものでありました。何しろ、この病軀をこれからさきウンと労働で叩いて見よう、それでくたばる位なら早くくたばってしまえ、せめて幾分でも懺悔の生活をなし、少しの社会奉仕の仕事でも出来て死なれたならば有り難い事だと思わなければならぬ、という決心でとび込んだのですから素晴らしいわけです。殊に京都の酷寒の時期をわざわざ選んで入園しましたのも、全く如上の意味から出ていることでした。京都の冬は中々底冷えがします。中々東京のカラッ風のようなものじゃありません、そして鹿ケ谷と京都の町中とは、いつでも、その温度が五度位違うのですからひどかったです。一体、園には、春から夏にかけては入園者が大変に多いのですが、秋からかけて酷寒となるとウンと減ってしまいます、いろんな事があるものですよ。さてそれから大に働きましたよ、何しろ死ねば死ねの決心ですから怖いことはなんにもありません、園は樹下石上と心得よというのがモットーでありますから、園では朝から一飯もたべません、朝五時に起きて掃除がすむと、道場で約一時間程の読経をやります、禅が根底になっているようでして、主に禅宗のお経をみんなで読みます。ただし、由来何宗ということはないので、園の者はお光り、お光り、お光りを見る、と申している位ですから、耶教でもなんでもかまいませぬ、以前、耶教徒の在園者が多かったときは、賛美歌なり、御祈りなり、朝晩みんなでやったものだそうです、それも、オルガンを入れてブーカブーカやり、一方ではまた、仏党の人々が木魚をポクポク叩いて読経したのだと申しますから随分、変珍奇であったであろうと思われます。現在では皆読経に一致しております、読経がすむと六時から六時半になります、それから皆てくてく各自その日の托鉢先き(働き先き)に出かけて行くのです。園から電車の乗り場まで約半里はあります、そこからまず京都の町らしくなるのですが、園の者は二里でも三里でも大抵の処は皆歩いて行くことになっております——と申すのは無一文なんですから。先方に参りましてまず朝飯をいただく、それから一日仕事をして、夕飯をいただいて帰園します。帰園してからまた一時間ほど読経、それから寝ることになります。何しろ一日中くたびれ果てていることとて、読経がすむと、手紙書く用事もなにもあったもんじゃない、煎餅のような布団にくるまってそのまま寝てしまうのです。園にはどんな寒中でも火鉢一つあったことなし、夜寝るのにもただ障子をしめるだけで雨戸はないのですから、それはスッパリしたものです。さて私が灯火に対して忘れることの出来ない思い出と申しますのは、この、朝早くまだ暗いうちから起き出して来て、遥か山の下の方に、まだ寝込んでいる京都の町々の灯、昨夜の奮闘に疲れ果てて今暫くしたら一度に消えてしまおうと用意している数千数万の白たけた京都の町々の灯を眺めて立っている時と、夜分まっ暗に暮れてしまってから、その日の仕事にヘトヘトに疲労し切った足を引きずってポツリポツリ暗の中の山路を園に戻って来るとき、処々に見える小さい民家の淋しそうな灯火の外に、自分の背後に、遥か下の方に、ダイヤか、プラチナの如く輝いている歓楽の都……京都の町々のイルミネーションを始めその他数万の灯火の生き生きした、誇りがましい輝かしさを眺めて立っていた時の事なのです。この時の私の心持なのであります。この時の私の感じは、淋しいでもなし、悲しいでもなし、愉快でもなし、嬉しいでもなし、泣きたいでもなし、笑いたいでもなし、なんと形容したら十分にその感じがいい現わされるのであろうか、只今でも解りかねる次第であります。ただボーッとしているのですな、無心状態とでも申しましょうか、喜怒哀楽を超越した感じ、そういった風なものでありました、しかもそれが、いつまでたっても少しも忘れられませんのです、灯火の魅力とでも申しましょうか、灯に引き付けられている状態ですな。灯火というものは色々な点から吾人の胸底をショックするものであるということをつくづく感じた次第であります。この時の感じをうまく表現してみたいと思ったのですが、これ以上到底なんとも申し上げようがないのが遺憾至極であります、この位で御察し下さいませ。次にこの毎日の仕事……園では托鉢と申しております……これが実に種々雑多のものでありまして、ちょっと私が今思い出して見ただけでも、曰く、お留守番、衛生掃除、ホテル、夜番、菓子屋、ウドン屋、米屋、病人の看護、お寺、ビラ撒き、ボール箱屋、食堂、大学の先生、未亡人、簡易食堂、百姓、宿屋、軍港、小作争議、病院の研究材料(これはモルモットの代りになるのです)等々、何しろ『商売往来』に名前の出てないものがたくさんあるのですから数え切れません、これら一つ一つの托鉢先きの感想を書いても面白い材料はいくらでもありましょう。さて、私がこれらの托鉢を毎日毎日やっております間に、大に私のためになることを一つ覚えたのであります。それはこういう事です、百万長者の家庭には入ってみても、カラカラの貧乏人の家庭には入って行ってみましても、何かしら、その家のなかに、なんか頭をなやます問題が生じている、早い話しが、お金に不自由がない家とすれば、病人があるとか、相続人がないとか、こういった風なことなのです、ですから万事思うままになって、不満足な点は少しもないというような家庭は、どこを探してみても、それこそ少しもないという事でありました。仏力は広大であります、到る処に公平なる判断を下しておられるのであります。それと今一つ私の感じたことは、筋肉の力の不足ということです、これは私が在園中の正直な体験なのですが、幸か不幸か、死ぬなら死んでしまえとほうり出した肉体は、その後今日まで別段異状なくてやって来たのでしたが、ただ、人間も四十歳位になりますと、いくら気の方はたしかであっても、筋肉、体力の方が承知を致しません、無理は出来ない、力はなくなっている、園の托鉢はなんと申しましても力を要する仕事が一番多いのでありますから、最初のうちは、ナニ若い者に負けるものかという元気でやっておったものの、到底長続きがしないのです。ですから一灯園には入るお方は、まず、二十歳から三十二、三歳まで位の青年がよろしいようです、また実際に於て四十なんていう人は園にはそんなにおりはしません、おっても続きません。私は入園した当時に、如何にも若い、中には十七、八歳位な人のいるのに驚いたのです、こんな若い年をして、何処に人生に対し、または宗教に対して疑念なんかを抱くことが出来るであろう？……しかしまあ、以前申した年頃の人々には、よい修行場と思われます、年輩者には駄目です。天香さんという人はたしかにえらい人に違いない、あの園が、二十年の歴史を持っているという点だけ考えてみても解る事です、そして、智能のもっともすぐれた人であります。ここに一つの挿話を書いて置きましょう、或る日、天香さんと話していたとき、なんの話からでしたか、アンタは俳句を作られるそうですな、という事なので、エエそうです。どうです一日に百句位作れますか？　さすがの天香さんも、俳句についてはやはり門外の人であったのであります、園で俳句をやっている人々もあるようでしたが、大抵、ホトトギス派のように見受けました事でした。さて、非常な大脱線で、かつ、大分ゴタゴタして来ましたから、この入庵記もひとまずこの辺で打ち切らしていただこうと思います、筆を擱《お》くにあたりまして、今更ながら井師の大慈悲心に想到して何とも申すべき言葉がございません、次に西光寺住職、杉本師に対しまして、これまた御礼の言葉もない次第であります。杉本師は、同人としては玄々子と称しておられますが、師は前ちょっと申上げた通り、相対座して御話していると、全く春風に頰を撫でられているような心持になるのであります、この偉大な人格の所有主たる杉本師の庇護の下に、南郷庵におらせていただいていると申します事は、私としまして全く感謝せざるを得ない事であります。同人井上一二氏に対する御礼の言葉は余りに親しき友人の間としてこの際、遠慮しておきます。さて改めて以上お三方に深い感謝の意を表しましてこの稿を終らせていただきます、南無阿弥陀仏。

（完、十一月五日）

解　説

池内　紀

尾崎放哉は不思議な俳人である。自由律俳句の秀作をのこした。吐息のような一行だが、いちど知ると忘れられない。なにげなく目にとめたのが、いつまでも記憶にしみついている。たあいない句と思うのに、奇妙に印象深いのだ。まさしく「放哉俳句」というしかない。

そのおおかたが晩年の三年間にできた。厳密にいうと、もっと短い期間だろう。死とつばぜり合いをするようにして俳句が生まれた。おのずと放哉作には死と生とが紅白二本の糸のようによじ合わされている。

さらにこの俳人に特異なところだが、その句は作者ひとりのものではなかった。作り手の背後に直し手がいた。わが国の短詩型の世界の作法であって、師が弟子の作を添削する。ムダを省いて、不足をつけ加える。それをしてもかまわない。添削を受けたからといってオリジナルの価値は減じない。その約束を前提にしている。

口あけぬ蜆《しじみ》死んでゐる

放哉秀句の一つである。もとの句はこうだった。

口あけぬ蜆淋しや

師にあたる人が「淋しや」を「死んでゐる」と添削した。とたんに淡い叙情句が厳しい死の造型になった。この種の例は無数にある。

とすると放哉俳句は師との共作というべきなのか？　むろん、そんなことはない。俳句世界の約束からもオリジナル性は変わらない。作者の価値は減じない。作り手の背後に直し手のいたこと自体、とりたてて尾崎放哉に特異なところではない。

ただこの俳人の場合、添削の意味がふつうとはちがっていた。はじめは作り手、直し手とも気がついていなかったかもしれない。ごく通常の約束ごととしてすすめられた。それがあるころから、めだって一つの方向性をおびてきた。そのもとに作られ、そのもとに直された。そのうち直すまでもなくなった。放哉秀句は、このようにして誕生した。

簡単に経歴をみておく。

尾崎放哉は本名秀雄、明治十八年(一八八五)一月、鳥取県生まれ。家は旧士族。県立一中から旧制一高を経て東京帝国大学法科卒。東洋生命に入社。十年あまりのち朝鮮火災海上に転じて京城へ赴任。事情あって一年後に退社、病いをえて大正十二年(一九二三)帰国。ときに三十八歳。ちなみに死は大正十五年(一九二六)四月である。当人は知る由もなかったが、のこされていた人生はわずか三年だった。

ひとことでいえば、挫折した秀才の経歴である。誇り高い士族の息子は、まっしぐらにおさだまりのコースをかけのぼった。明治・大正を通じ、一高・帝大法科卒は、その肩書からして立身出世を保証されていた。強力な社会的パスポートを手に入れたも同様だった。

最初に就職した東洋生命保険株式会社は財界の大御所渋沢栄一の息のかかった、のびざかりの会社だった。まずは契約課長、二十九歳で大阪支店次長、そのあと東京本社、幹部候補生の異動である。

入社十年目に社長が替わり、新社長とソリが合わず退社。保険銀行界の大立者が口をきいて朝鮮火災海上の支配人に抜擢された。

「京城が小生の死に場所と定めてやって来ました」

手紙によると、そんな決意で赴任したらしい。だが一年あまりで退社を余儀なくされたのは、酒の上の失敗で借金ができたせいである。その返済と新事業に奔走したが、こと志に反して悄然ともどってきた。

いかにも秀才の挫折譚だが、もともと秀才になりきれないところがあったのかもしれない。出世コースにいたときも、しばしば「朝から一杯機嫌」で出社して、昼すぎにいなくなる。社会的パスポート組に許されていた特権だったろうが、管理好きが社長になると、パスポートが通用しない。鬱屈がこうじ、酒が過ぎ、大きな失態をやらかした――。

「秀才になりきれない」いま一つが俳句だった。研究者がこまかくあとづけているが、尾崎放哉は十代半ばからせっせと俳句をつくっていた。最初の俳号は「梅史」、旧制中学のころで、校友会雑誌や『ホトトギス』などに投稿していた。

一高に入学後、一高俳句会に参加。ここで荻原井泉水を知った。一年上、一高俳句会を興したメンバーの一人だった。のちに放哉はつねづね「井師」と呼んでいた。

「丁度明治卅五年頃の事と覚えて居ります。其の頃井師も私も共に東京の第一高等学校に居りました、井師は私よりも一級上級生といふわけで、其の頃俳句――新派俳句と云つた時代です——が非常に盛で、其結果一高俳句会といふものが出来、句会を開いたものでした」

二十年あまりのちにつづった「入庵雑記」のくだりである。句会はたいてい根津権現に近い貸席でひらかれ、会費は五十銭、二十人ちかくが集まった。師匠格は虚子、鳴雪、碧梧桐。虚子は洋服に自転車でやってきた。

「処で私は三年の后、一高を去ると共に此の会にも関係がなくなりました、そして井師は文科に、私は法科にといふわけで、一時井師との間は打ち切られて、白雲去つて悠々といふ形ちでありました」

打ち切られた関係がもどるのは、出世コース組が三界に身の置きどころのない挫折者として帰ってきてからである。「白雲去つて悠々」とはおよそ縁遠い状態でつながりが結び直され、ここに、強固な師と弟子が誕生した。

梅史と号していた中学時代より就職して五年の約十四年間、放哉は定型俳句を作っていた。新聞・雑誌に掲載された句数は、あわせて二〇九句にのぼる。

「定型時代に放哉がすでに当時の俳壇において、ある定まった地位を占めていたことが判明する」(『放哉全集』第一巻・句集、解説、筑摩書房、二〇〇一年)

明治四十二年に出た『現今俳家人名辞書』には「放哉 尾崎秀雄」として、住所、生年月日、出身地などのほか代表句五句が記されている。そこにはまた「旧号芳哉」とあって、梅史から芳哉、そして放哉と号を変えたことがうかがえる。

一高時代に母方の従妹にあたる沢芳衛を愛し、三年間に及んで彼女と交わした書簡には八三句が付されていた。結婚を望んだが医学的な理由から反対され、「芳衛」への思慕を「放つ」意味から「放哉」と改めたといわれている。

定型俳句のうち、ここに選んだのは九〇句ちかくだが、すぐに見てとれるだろう。秀才型の作品であって、いかにも巧みに作ってある。センスがよくて、ときにユーモラスで、句が物語性をもち、シーンの切り取りがあざやかだ。

　刀師の刃ためすや朝寒み

　病いへずうつ〳〵として春くるゝ

とても中学生の作とは思えない。

　茶の花や庵さざめかす寒雀

天下の一高生の苦心作だ。

煮凝や彷彿として物の味
泥沼の泥魚今宵孕むらむ
寝て聞けば遠き昔を鳴く蚊かな

俳人の下から帝大法科の学生がのぞいている。卒業が明治四十二年（一九〇九）。その年の句。

末法の遊女もすなる夏書かな

ひねりがあって器用に作ってある。ほどのいい叙情とアイロニーの配分。つぎの一つなど、保険業界の誰かをモデルにしたのかもしれない。

芋掘るは愚也金掘るは尚愚也

つまりは、この程度の俳人だった。努力し、勉強し、精進したことは、用語、措辞のあざやかさからも見てとれる。しかし、上手になればなるほど、その器用さがめだつといったタイプであって、放哉自身が誰よりもはっきりと、自分の特色と限界を知っていたのではなかろうか。

大正四年（一九一五）、荻原井泉水の俳誌『層雲』に、はじめて自由律による放哉の句が掲載された。

俳誌の一つのパターンだが、個々人の単独の欄のほかに選者の担当する頁があり、同年十二月号「我等の印象」欄に荻原井泉水選として出た。放哉はサラリーマンになって六年目、俳句を作りはじめて十五年あまり。定型を捨てて自由律を試みるにあたり、それなりの考えがあったにちがいない。しかもかつての学友主宰の場であって、その選者の目にさらされる。

荻原井泉水は本名藤吉、明治十七年(一八八四)、東京の生まれ。中学のころより俳句を作りはじめ、はやくに正岡子規を知った。一高俳句会を興したメンバーの一人だったことは、さきに触れたとおり。東京帝大文科生のとき河東碧梧桐の新傾向俳句運動に加わり、このとき俳号愛桜を井泉水と改めた。

明治四十四年(一九一一)、『層雲』を創刊。当初は新傾向俳句運動の機関誌だったが、やがて碧梧桐的な日常をなぞるだけの俳句にあきたらず、碧梧桐から独立。大正二年(一九一三)、『層雲』誌上に「昇る日を待つ間」と題した俳論の連載をはじめた。このとき井泉水、二十九歳。

そこには季題季語の廃止、内的要求にもとづく印象表現が力づよく語られていた。俳句は内的な印象をもっとも端的に定着させる短詩であって、その際、「緊張したる言葉」と「強いリズム」が印象詩に生命を与える。印象を捉えるにあたり、井泉水はとりわけ「光の印象」と「力の印象」を主張した。『層雲』に「我等の印象」「光明蔵三昧」といった欄があったのは、そのような主張の実践を誘うためだった。

東洋生命のエリート社員は、かつての俳句仲間のめざましい活躍を、深い関心をもって見守っていたのではなかろうか。大正四年の一句のあと、翌年は六九句、つぎの年は八七句と、年ごとに『層雲』掲載がふえていく。会員誌だけではものたりない気がしたのだろう。当時、井泉水が選句を担当していた新聞・雑誌にも投句した。年度ごとの掲載句の総数は、つぎのとおり。

大正四年＝一句
大正五年＝七八句
大正六年＝九〇句
大正七年＝一一二句
大正八年＝三六句
大正十一年＝二句

のちの句稿から判断して、選ばれた句の十倍、二十倍を作っていたと思われる。エリート社員の雲行きがあやしくなってきたころであって、日常の鬱屈感がはたらいてのことなのか、それとも窮屈な定型を出た自由さが、創作意欲をわき立たせたのか。大正九、十年がとんでいるのは、身辺ただならぬ状況のなかで、俳句どころではなかったのだろう。

俳句の結社は何年かに一度、自分たちの仲間のアンソロジーをつくるものだ。『層雲』の場合、大正六年、九年、十四年に作っている。そこに採られた放哉の句は、順に五句、五句、四句で、計一四句。投句の掲載のわりに採録が少ないのは秀句が少なかったせいではあるまいか。

つまり、死の二年半ばかり前までの尾崎放哉は、この程度の人だった。俳句をたしなみ、せっせと投句してくる。全国にごまんといる、そんな「俳人」の一人だった。

大正十四年(一九二五)九月二日付、尾崎放哉より荻原井泉水宛の手紙。

「……実ハ小生此ノ三年間、流転ノ旅ニ、スッカリ、ツカレマシタ」

「流転」の二字に強調のしるしをつけている。まさにその思いがあったからだろう。

朝鮮より満州を経て帰国したのが大正十二年（一九二三）十月末のこと。借金に苦しめられ、さらに肋膜炎を患った。宿なし犬のように大陸を右往左往していた間、深い挫折感とともに、したたかに人間の赤裸々な姿を思い知ったにちがいない。

帰国後は、まずは長崎。そのあと言い含めるようにして妻と別れ、京都東山の一灯園に入った。宗教家西田天香の開いた懺悔と奉仕の道場である。半年ばかりのち、紹介する人があって、神戸市西部の古刹、須磨寺の大師堂の堂守りという職を得た。お堂の掃除のほかはローソクやおみくじを売る。ここに翌十四年五月まで一年ちかくいた。

古い寺によくあることだが、人事をめぐる内紛が起こり、知人の紹介で福井県小浜の常高寺へ移った。当地の名刹ながら本堂を火事で失い、住職は大本山から破門同様の身をかこっていた。収入がまるきりない。あんまり毎日、タケノコを食うので――と、井泉水に手紙で報告している。「腹ノ中ニ「籔」が出来ヤシナイカト心配シマス」。

とてもたまらず二カ月で小浜を去った。台湾で会社を興した知人がいて、それを頼って台湾行を考えていたところ、井泉水から香川県小豆島の寺を教えられた。そこには四国八十八ヵ所の霊場を摸した「小豆島八十八ヵ所」があり、寺や庵のお守り役が要る。

大正十四年八月半ば、尾崎放哉は小豆島に渡り、西光寺住職の世話で同寺の奥の院に入った。南郷院といって、お大師様をまつる六畳間、となりが八畳、これに二畳間と一畳の台所、小さな土間に竈《かまど》があるだけ。

身を落ち着けてから井泉水にくわしい報告を送った。「流転ノ旅」にすっかり疲れたと述べたあと、つぎのような言葉になっていく。

「ジツトシテ、安定シテ死ナレソヲナ処ヲ得……」

「只、「死」……コレ丈デアリマス」

「タツタヒトツ現在ノ私ニ残ツテ居ル「死」……」

「南郷庵主人トシテ安定シテ、死ヌ事ガ出来ル」

お遍路を待ってあがる収入は、ほんのわずかであって、そのため節約第一、食事は焼き米と焼き豆を主食とする生活様式を考案した。衰弱するだろうが、そんなことはかまわない。

「身体ガ衰弱シテ、自然、死期ヲ早メル事トナレバ、実ニ一挙両得……」

それ迄はひたすら「句作」を生命としたい。

「ソレ迄トハ勿論、死ヌ迄デスヨ」

考案した生活様式を実践すれば、金の支払いもほんのわずかですむだろう。「例ノ死ガ到来スレバ」、自分の葬式代もそれなりに残せるはず――。

「この度、仏恩によりまして此の庵の留守番に座らせてもらう事になりました」

「入庵雑記」を書きはじめたのは、南郷庵に入ってまもなくのことと思われる。「島に来るまで」「海」「念仏」「鉦たたき」……。「雑記」と銘打って自分の半生をつづってい
った。

「鉦叩きと云ふ虫の名は古くから知つて居ますが……」

島に来てはじめてしみじみと啼き声を聞いた。その声は地上のものとも思えない。虫の声などではないだろう。

「坊主、しかも、ごく小さい豆人形のやうな小坊主が、まつ黒い衣をきて、たつた一人、静かに、……地の底で鉦を叩いて居る、其の声なのだ」

ただ啼き声だけがして姿の見えない虫は、「死んで居るのか、生きて居るのか、それすらもよく解らない」。あきらかに虫に託して、そのまま自分を語っている。

半生記をつづりつつ、井泉水宛の手紙に書いている。

「俳句、多クテ済ミマセンガ、ドシ〳〵取捨シテ下サイマセ、タノミマス、ドシ〳〵作リマス」

一日一〇句を目標にした。月に三〇〇句、半年で一八〇〇句である。句稿からわかるのだが、きちんと目標どおりを作っていった。

極端にきりつめた粗食と、島の冬の寒さが、急速に病人を衰弱させた。結核性肋膜炎が肺結核にすすみ、気管支カタルを併発。

　咳をしても一人

とりわけ知られた放哉秀句は自由律俳句であるとともに、死と隣合った男の日常そのものだった。

大正十五年(一九二六)三月、井泉水から京都の病院をすすめられて答えている。

「私の病気が京都の病院にはいつて薬をのんだ処でナホルものですか……」

薬をあびるほどのみ、針をプスプスさしたところで決して治らない。

「只今では、放哉の決心次第一つで、何時でも、「死期」を定める事が出来る、からだの状態にあるのですよ……ナントありがたい、ソシテ、うれしい事ではありませんか」

「決心次第」に強調のしるしをつけた。さらに念を押すように、手紙のしめくくり

「放哉の決心……決して動きませんから……その意味で御助け下さらん事を、お願ひします」。

四月五日の日付で井泉水宛。

「《アンタニハ、私ガコロリト参ツタラ土カケテモラウ事ダケ、タノンデ有リマス》ト西光寺サンニ申シテオキマシタ」

おしまいに呟くようにしてつけられた一行。

「中々、マダ死ニマセンヨ〳〵」

二日後、近所の漁師夫婦に見とられて死去。四十一歳だった。

平成八年(一九九六)、俳人荻原井泉水の物置小屋で数個の紙袋が見つかった。井泉水は昭和五十一年(一九七六)に九十二歳で世を去っており、死後ちょうど二十年、遺族が小屋を取り壊そうとして気がついた。

紙袋は麻紐でしっかりとくくってあった。井泉水自身がしたことにちがいない。永らく俳誌『層雲』を主宰してきた。送られてくる句稿より選んで採用、不採用を決める。ふつう用ずみの句稿は処分される。作者にオリジナルがあればいい。全国から毎日のように送られてくる投句は膨大な量にのぼるのだ。句稿を保存など、とてもできない。

例外的に処分を免れたのが物置小屋で眠っていた。句稿はひとまとまりごとに「層雲雑吟」あるいは「雑吟」とあって、下に尾崎放哉と署名してあった。一枚の用紙に一〇句ずつ句を書いて、二枚目からは末尾ごとに「放哉」のサイン。投句にあたってのきまりに従ってのことだろう。

句稿には井泉水への短い通信がまじっている個所があった。俳誌の主宰者と投句者とのあいだで、おりおり見かけること。投句者には該当の句にまつわり、私的に伝えたいことがある。両者の親しみの度合いで伝え方がちがってくる。

選句にあたっての井泉水のやり方だったと思われるが、用紙を半分に折り、ひとまとまりごとに袋とじにした。そして句のあたまに◎〃〃のしるしをつけた。◎は『層雲』に掲載。〃〃は候補作、つまり補欠の役まわり。句稿は全部で三十一冊に及び、二七二一句を収めていた。八割ちかくが無じるし、つまり補欠にものこらなかった。

掲載誌から判断して紙袋の句稿は大正十四年(一九二五)五月から翌十五年二月ごろまでのほぼ九カ月にわたるものとされている。尾崎放哉が小浜の常高寺、ついで小豆島へ渡り、年を越したあと、やがて衰弱から一気に肺結核が亢進していたころである。

その間、月々二〇〇句以上を送りつづけていたことになる。『層雲』投句のルールはともかく、二〇〇句以上というのは破格のことではあるまいか。「多クテ済ミマセンガ」

と断ったとき、多クテに強調の傍点をつけた理由があったわけだ。「ドシ〳〵作リマス」の言葉どおり、どしどし作って取捨をあずけた。

発見された句稿からも、ゆるやかであれ確かな変化が見てとれる。おりにつけ井泉水は大胆に添削した。たとえば放哉が小浜に移って、すぐに送った句稿の一つ。

汽車通るま下た草ひく顔をあげず

㈡のしるし。ただし、つぎのように直されて掲載された。

背を汽車通る草ひく顔をあげず

つぎの一つは放哉作ではこうだった。

たつた一人分の米白々と洗ひあげたる

井泉水は出だしの「たつた」を削除した。

一人分の米白々と洗ひあげたる

不用とみなしたからで、なるほど不用にちがいない。逆にしめくくりを削除したケースの一例。

時計が動いて居る寺の荒れてゐること

このオリジナルが添削後はこうなった。

時計が動いて居る寺の荒れてゐる

省かれたおかげで二つの「ゐ(居)る」が秤の平衡を保っている。一方はチクタクと動く時計、他方は荒れ寺の静まり。あざやかな一行詩ができた。

放哉秀句として知られる一つ。

壁の新聞の女はいつも泣いて居る

放哉の句稿ではこうだった。

いつも泣いて居る女の絵が気になる壁の新聞

つぎの二つはどうか。

お粥煮えてくる音の鍋ふた

一つ二つ蛍見てたづぬる家

いかにも放哉調の句であるが、いずれも井泉水の朱が入っている。原句はこうだった。

お粥をすゝる音のふたをする

一つ二つ蛍見てたずね来りし

ほんのちょっとした手入れだが、とたんにいきいきと句が生気をおびた。

放哉が小豆島に住みついた前後からだが、『層雲』誌上の掲載のかたちが変化した。

それまでは選者担当の俳句欄だったが、以後は単独の形で出るようになった。いわば俳人放哉が「ひとり立ち」したわけだ。

さらに〃⃝のしるし、また〃/がふえるにつれ、添削がへっていく。句稿の順でいうと三分の二をすぎたあたり。放哉の人生でいうと死の半年ばかり前のこと、届いた句稿を前にして、井泉水にはひとしおの思いがあったのではなかろうか。たとえば九〇におよぶ句の多くが、つぎのような語彙をもって作られていたからである。

「一日」「一人」「一枚」「一疋《びき》」「一杯」「一つ」——障子が一枚だったり、バケツの水一杯だったり、庫裡の灯が一つだったり、一日の終わりだったり、それ自体は日常のなにげない言いまわしだが、あきらかにこの作者には、すべてが「一」に近づいていた。

「一日雨音」

「一枚のわが畑」

「一銭もつて」

「一つ花咲き」

「一つ白雲」

「一日雨ふる」

「風呂敷包み一つ」

「墓地からもどつて来ても一人」

このなかにまじっていたのが「咳をしても一人」だった。「入れものが無い両手で受ける」。「口あけぬ蜆」も同じ句稿にあった。井泉水は当然のように「淋しや」を「死んでゐる」と書き換えた。すべてが末期の目で見てとった心象風景であったからだ。そして相手が死を生きているのを承知の上で、師が二人三脚を買って出た。

わが国の年号ではわからないが、西暦にてらすと浮かび出る。放哉の死んだのが一九二六年、井泉水の死は半世紀のちの一九七六年、それから二十年後の一九九六年に眠っていた句稿が世に現われた。文業はときにたのしいイタズラをするものである。

＊

選句にあたっては『放哉全集』第一巻・句集により、そこから編者が選んだ。口づたえに伝わるものは採らなかった。井泉水選にはこだわらず、句稿の無じるしからも採用している。選ぶにあたっての規準といったものを立てたわけではないが、おおよそつぎの要素によって選び取ったような気がする。

感覚的に優れたもの。ユーモア、滑稽感のあるもの。言葉遊び風のもの。シーンの切り取りのあざやかなもの。スナップ写真風。擬音表現のたのしいもの。犬や馬、カマキリといった生きものをめぐるもの。放哉の好きだった海の句。お色気を感じさせるもの。ヨーロッパのエピグラム(警句)を思わせるもの。ひとりきり、孤絶者の姿を伝えるもの。定型俳句は右のほかに、のちの自由律を予測させるものを採った。

いずれも規準というほどはっきりしたものではない。放哉その人、また放哉俳句のおもしろさと考えるところによって選んだ。

編むにあたり、岩波書店編集部の塩尻親雄さんのお世話になった。文庫の一冊ができて、放哉がうんと身近になった。何よりもそれがうれしい。

二〇〇七年六月

〔編集付記〕

一、底本には、『放哉全集』(全三巻、二〇〇一―〇二年、筑摩書房刊)を用いた。
一、「入庵雑記」については、左記の要項に従って表記がえをおこなった。

岩波文庫(緑帯)の表記について

近代日本文学の鑑賞が若い読者にとって少しでも容易となるよう、旧字・旧仮名で書かれた作品の表記の現代化をはかった。そのさい、原文の趣をできるだけ損なうことがないように配慮しながら、次の方針にのっとって表記がえをおこなった。

(一) 旧仮名づかいを現代仮名づかいに改める。ただし、原文が文語文であるときは旧仮名づかいのままとする。
(二) 「常用漢字表」に掲げられている漢字は新字体に改める。
(三) 漢字語のうち代名詞・副詞・接続詞など、使用頻度の高いものを一定の枠内で平仮名に改める。
(四) 平仮名を漢字に、あるいは漢字を別の漢字にかえることは、原則としておこなわない。
(五) 振り仮名を次のように使用する。
(イ) 読みにくい語、読み誤りやすい語には現代仮名づかいで振り仮名を付す。
(ロ) 送り仮名は原文どおりとし、その過不足は振り仮名によって処理する。
例、明に→明《あきらか》に

(岩波文庫編集部)

尾崎放哉句集《おざきほうさいくしゅう》

2007 年 7 月 18 日　第 1 刷発行
2025 年 9 月 16 日　第 15 刷発行

編　者　池《いけ》内《うち》　紀《おさむ》

発行者　坂本政謙

発行所　株式会社 岩波書店
〒101-8002 東京都千代田区一ツ橋 2-5-5

案内 03-5210-4000　営業部 03-5210-4111
文庫編集部 03-5210-4051
https://www.iwanami.co.jp/

印刷・精興社　製本・牧製本

ISBN 978-4-00-311781-1　Printed in Japan

読書子に寄す

——岩波文庫発刊に際して——

岩波茂雄

真理は万人によって求められることを自ら欲し、芸術は万人によって愛されることを自ら望む。かつては民を愚昧ならしめるために学芸が最も狭き堂宇に閉鎖されたことがあった。今や知識と美とを特権階級の独占より奪い返すことはつねに進取的なる民衆の切実なる要求である。岩波文庫はこの要求に応じそれに励まされて生まれた。それは生命ある不朽の書を少数者の書斎と研究室とより解放して街頭にくまなく立たしめ民衆に伍せしめるであろう。近時大量生産予約出版の流行を見る。その広告宣伝の狂態はしばらくおくも、後代にのこすと誇称する全集がその編集に万全の用意をなしたるか。千古の典籍の翻訳企図に敬虔の態度を欠かざりしか。さらに分売を許さず読者を繋縛して数十冊を強うるがごとき、はたしてその揚言する学芸解放のゆえんなりや。吾人は天下の名士の声に和してこれを推挙するに躊躇するものである。このときにあたって、岩波書店は自己の責務のいよいよ重大なるを思い、従来の方針の徹底を期するため、すでに十数年以前より志して来た計画を慎重審議この際断然実行することにした。吾人は範をかのレクラム文庫にとり、古今東西にわたって文芸・哲学・社会科学・自然科学等種類のいかんを問わず、いやしくも万人の必読すべき真に古典的価値ある書をきわめて簡易なる形式において逐次刊行し、あらゆる人間に須要なる生活向上の資料、生活批判の原理を提供せんと欲する。この文庫は予約出版の方法を排したるがゆえに、読者は自己の欲する時に自己の欲する書物を各個に自由に選択することができる。携帯に便にして価格の低きを最主とするがゆえに、外観を顧みざるも内容に至っては厳選最も力を尽くし、従来の岩波出版物の特色をますます発揮せしめようとする。この計画たるや世間の一時の投機的なるものと異なり、永遠の事業として吾人は微力を傾倒し、あらゆる犠牲を忍んで今後永久に継続発展せしめ、もって文庫の使命を遺憾なく果たさしめることを期する。芸術を愛し知識を求むる士の自ら進んでこの挙に参加し、希望と忠言とを寄せられることは吾人の熱望するところである。その性質上経済的には最も困難多きこの事業にあえて当たらんとする吾人の志を諒として、その達成のため世の読書子とのうるわしき共同を期待する。

昭和二年七月

《東洋思想》〔青〕

- 易経 全二冊 高田真治・後藤基巳訳
- 論語 金谷治訳注
- 孔子家語 藤原正校訳
- 孟子 全二冊 小林勝人訳注
- 老子 蜂屋邦夫訳注
- 荘子 全四冊 金谷治訳注
- 新訂孫子 金谷治訳注
- 荀子 全二冊 金谷治訳注
- 韓非子 全四冊 金谷治訳注
- 孝経・曾子 末永高康訳注
- 史記列伝 全五冊 司馬遷／小川環樹・今鷹真・福島吉彦訳
- 春秋左氏伝 全三冊 小倉芳彦訳
- 塩鉄論 曾我部静雄訳註
- 千字文 小川環樹・木田章義注解
- 大学・中庸 金谷治訳注
- 仁学—清末の社会変革論 譚嗣同／西順蔵・坂元ひろ子訳注
- 章炳麟集—清末の民族革命思想 西順蔵・近藤邦康編訳
- 梁啓超文集 岡本隆司・石川禎浩・高嶋航編訳
- 天演論 厳復／坂元ひろ子・高柳信夫監訳
- 獄中からの手紙 ガンディー／森本達雄訳
- 真の独立への道（ヒンド・スワラージ） M.K.ガーンディー／田中敏雄訳
- 随園食単 袁枚／青木正児訳註
- カウティリヤ実利論—古代インドの帝王学 全二冊 カウティリヤ／上村勝彦訳
- ウパデーシャ・サーハスリー—真実の自己の探求 シャンカラ／前田専学訳

《仏教》〔青〕

- ブッダのことば—スッタニパータ 中村元訳
- ブッダの真理のことば 感興のことば 中村元訳
- 般若心経・金剛般若経 中村元・紀野一義訳註
- 法華経 全三冊 坂本幸男・岩本裕訳注
- 日蓮文集 兜木正亨校注
- 浄土三部経 全二冊 中村元・早島鏡正・紀野一義訳註
- 大乗起信論 宇井伯寿・高崎直道訳注
- 臨済録 入矢義高訳注
- 碧巌録 全三冊 入矢義高・溝口雄三・末木文美士・伊藤文生訳注
- 無門関 西村恵信訳注
- 法華義疏 全二冊 聖徳太子／花山信勝校訳
- 往生要集 全二冊 源信／石田瑞麿訳注
- 教行信証 親鸞／金子大栄校訂
- 歎異抄 金子大栄校注
- 正法眼蔵 全四冊 道元／水野弥穂子校注
- 正法眼蔵随聞記 懐奘編／和辻哲郎校訂
- 道元禅師清規 大久保道舟訳注
- 一遍上人語録—付 播州法語集 大橋俊雄校注
- 一遍聖絵 聖戒編／大橋俊雄校注
- 南無阿弥陀仏—付 心偈 柳宗悦
- 蓮如上人御一代聞書 稲葉昌丸校訂
- 日本的霊性 鈴木大拙／篠田英雄校訂
- 新編 東洋的な見方 鈴木大拙／上田閑照編
- 大乗仏教概論 鈴木大拙／佐々木閑訳
- 浄土系思想論 鈴木大拙

《歴史・地理》〔青〕

新訂 魏志倭人伝・後漢書倭伝・宋書倭国伝・隋書倭国伝 —中国正史日本伝1　石原道博編訳
新訂 旧唐書倭国日本伝・宋史日本伝・元史日本伝 —中国正史日本伝2　石原道博編訳
ヘロドトス 歴史 全三冊　松平千秋訳
トゥーキュディデース 戦史 全三冊　久保正彰訳
ガリア戦記　カエサル　近山金次訳
タキトゥス 年代記 —ティベリウス帝からネロ帝へ 全二冊　国原吉之助訳
ランケ 世界史概観 —近世史の諸時代　鈴木成高・相原信作訳
ランケ自伝　林健太郎訳
古代への情熱 —シュリーマン自伝　シュリーマン　村田数之亮訳
大君の都 —幕末日本滞在記 全三冊　オールコック　山口光朔訳
アーネスト・サトウ 一外交官の見た明治維新 全二冊　坂田精一訳
ベルツの日記 全二冊　トク・ベルツ編　菅沼竜太郎訳
武家の女性　山川菊栄
インディアスの破壊についての簡潔な報告　ラス・カサス　染田秀藤訳
ラス・カサス インディアス史 全七冊　長南実訳　石原保徳編
インディアスの破壊をめぐる賠償義務論 —十二の疑問に答える　ラス・カサス　染田秀藤訳

コロンブス 全航海の報告　林屋永吉訳
大森貝塚 —付 関連史料　E・S・モース　近藤義郎・佐原真編訳
ナポレオン言行録　オクターヴ・オブリ編　大塚幸男訳
中世的世界の形成　石母田正
日本の古代国家　石母田正
平家物語 他六篇　石母田正　髙橋昌明編
クリオの顔 歴史随想集　E・H・ノーマン　大窪愿二編訳
ローマ皇帝伝 全二冊　スエトニウス　国原吉之助訳
アリランの歌 —ある朝鮮人革命家の生涯　ニム・ウェールズ　キム・サン　松平いを子訳
老松堂日本行録 —朝鮮使節の見た中世日本　宋希環　村井章介校注
十八世紀パリ生活誌 —タブロー・ド・パリ 全二冊　メルシエ　原宏編訳
ヨーロッパ文化と日本文化　ルイス・フロイス　岡田章雄訳注
ギリシア案内記 全二冊　パウサニアス　馬場恵二訳
オデュッセウスの世界　フィンリー　下田立行訳
東京に暮す —一九二八～一九三六　キャサリン・サンソム　大久保美春訳
ミカド —日本の内なる力　W・E・グリフィス　亀井俊介訳
増補 幕末百話　篠田鉱造

幕末明治 女百話 全二冊　篠田鉱造
日本中世の村落　清水三男　大山喬平・馬田綾子校注
トゥバ紀行　メンヒェン＝ヘルフェン　田中克彦訳
徳川時代の宗教　R・N・ベラー　池田昭訳
ある出稼石工の回想　マルタン・ナド　喜安朗訳
革命的群衆　G・ルフェーヴル　二宮宏之訳
植物巡礼 —プラント・ハンターの回想　F・キングドン－ウォード　塚谷裕一訳
日本滞在日記 —一八〇四－一八〇五　レザーノフ　大島幹雄訳
モンゴルの歴史と文化　ハイシッヒ　田中克彦訳
歴史序説 全四冊　イブン＝ハルドゥーン　森本公誠訳
ダンピア 最新世界周航記 全二冊　平野敬一訳
元治夢物語 —幕末同時代史　馬場文英　徳田武校注
徳川制度 全三冊・補遺　加藤貴校注
第二のデモクラテス 戦争の正当原因についての対話　セプールベダ　染田秀藤訳
ユグルタ戦争 カティリーナの陰謀　サルスティウス　栗田伸子訳
史的システムとしての資本主義　ウォーラーステイン　川北稔訳
中世荘園の様相　網野善彦

岩波文庫の最新刊

骨董——さまざまの蜘蛛の巣のかかった日本の奇事珍談
ラフカディオ・ハーン作／平井呈一訳

日本各地の伝説や怪談を再話した九篇を集めた「古い物語」と、十一篇の随筆による小品集。純化渾一された密度の高い名作。（解説＝円城塔）
〔赤二四四-三〕　**定価七九二円**

プレート・テクトニクス革命
木村学編
20世紀科学論文集

一九七〇年代初め、伝統的な地質学理論はプレート・テクトニクスの確立により覆された。地球科学のパラダイムシフトを原著論文でたどる。
〔青九五七-一〕　**定価一一五五円**

断腸亭日乗(四)　昭和八—十年
永井荷風著／中島国彦・多田蔵人校注

永井荷風は、死の前日まで四十一年間、日記『断腸亭日乗』を書き続けた。(四)は、昭和八年から十年まで。（注解・解説＝中島国彦）（全九冊）
〔緑四二-一七〕　**定価一二六五円**

世界終末戦争(下)
バルガス＝リョサ作／旦敬介訳

「権力構造の地図と、個人の抵抗と反抗、そしてその敗北を痛烈なイメージで描いた」、現代ラテンアメリカ文学最後の巨人バルガス＝リョサの代表作。（全二冊）
〔赤七九六-七〕　**定価一五七三円**

……今月の重版再開……

玉葉和歌集
次田香澄校訂
〔黄一三七-一〕　**定価一七一六円**

心——日本の内面生活の暗示と影響
ラフカディオ・ハーン著／平井呈一訳　**定価一〇〇一円**
〔赤二四四-一〕

岩波文庫の最新刊

ラフカディオ・ハーン著／平井呈一訳

東の国から

―新しい日本における幻想と研究―

旅の途上、夢のあわいに浦島伝説の世界へと入りこんだような「夏の日の夢」他、〈詩人の直観と哲人の思索〉により近代日本の肖像を描く十一篇。（解説＝西成彦）

〔赤二四四-六〕　定価一二七六円

泉鏡花作

夜叉ヶ池・天守物語

時代を越えて「今」もなお甦り続ける鏡花の傑作戯曲二篇を収録。文字を読みやすくし、新たな解説を加えた。（解説＝澁澤龍彦・吉田昌志）

〔緑二七-三〕　定価五七二円

プラトン著／岩田靖夫訳

パイドン

―魂の不死について―

刑死の当日、ソクラテスは弟子たちと「魂の不死」の探究に挑む。イデア論の可能性を切り開くプラトン哲学の代表的対話篇。改版。（解説＝岩田靖夫・篠澤和久）

〔青六〇二-二〕　定価九三五円

……今月の重版再開……

飯島虚心著／鈴木重三校注

葛飾北斎伝

定価一四三〇円

〔青五六二-一〕

A・ハミルトン、J・ジェイ、J・マディソン著／斎藤眞、中野勝郎訳

ザ・フェデラリスト

定価一二七六円

〔白二四-一〕